T0243876

La encomienda

Margarita García Robayo

La encomienda

EDITORIAL ANAGRAMA

BARCELONA

Ilustración: © Diane Parr

Primera edición: septiembre 2022
Segunda edición: septiembre 2022
Tercera edición (primera en México): septiembre 2022
Cuarta edición: noviembre 2022
Quinta edición: noviembre 2022

Diseño de la colección: Julio Vivas y Estudio A

© Margarita García Robayo, 2022

© EDITORIAL ANAGRAMA, S. A., 2022
  Pau Claris, 172
  08037 Barcelona

ISBN: 978-84-339-9951-1
Depósito Legal: B. 11121-2022

Printed in Spain

Romanyà Valls, S. A., Sant Joan Baptista, 35
08789 La Torre de Claramunt

Primero fue como la intromisión de una mosca
[en invierno.
Algo tan raro. Los ojos siguen el vuelo.
El oído trata de percibir el zumbido.
La mosca se detiene en la mesa
en la bombilla de luz. Desconcierta.

ESTELA FIGUEROA, «La mosca»

Esta historia
es un poco particular
pero es así.
Es nuestra historia.
Y cuando te la haya contado
será tuya
para siempre.

GERMANO ZULLO y ALBERTINE,
Mi pequeño

1

A mi hermana le gusta mandarme encomiendas.
Es ridículo, porque vivimos lejos y la mayoría de las
cosas se estropean en el camino. Lejos es una palabra
demasiado corta cuando se traduce a la geografía: cinco mil trescientos kilómetros es la distancia que me
separa de mi familia. Mi familia es ella. Y mi madre,
pero yo no tengo ninguna relación con mi madre. Me
parece que mi hermana tampoco. Hace años que casi
no me habla de ella, aunque supongo que se sigue ocu-
pando de sus cosas. A veces me da curiosidad saber
qué fue de la casa en la que vivimos de niñas, pero no
pregunto porque la respuesta puede venir con información que prefiero no tener.

La casa quedaba en un pueblo de pescadores re-
tirado de la ciudad, una punta de arena que entraba
en el mar como un colmillo. El terreno era grande y
la casa pequeña, estaba en lo alto de un barranco que
daba a un mar medio salvaje que escupía rayas y es-
trellaba morenas contra los espolones. El recuerdo

más perdurable que tengo de esa casa es el de una noche en que mi madre salió y tardó mucho en volver. Yo debía tener unos cinco años y mi hermana diez. La trajo Eusebio, el casero, al amanecer. Dijo que la había encontrado caminando por la ruta. La disculpa de mi madre fue que había salido a tomar aire y se le había ido el tiempo. Desde que tengo memoria, mi madre necesitó aire: la recuerdo abriendo las ventanas y las puertas de la casa, abanicándose con las manos de un modo enérgico y descontrolado. Siempre tuve la idea de que su cuerpo alojaba a una bandada de pájaros que aleteaban por salir y la rasguñaban por dentro. Y por eso lloraba. Y si uno se acercaba a consolarla, algo que consistía estrictamente en irla cercando despacio con la mirada temerosa, se escabullía como una lagartija y se encerraba en el baño.

Con mi hermana hablo una vez cada quince días. También para los cumpleaños. Y ella tiene la delicadeza de llamarme cuando algún huracán azota el Caribe –cuestión de la que rara vez me entero– para avisarme que a ellos no les llegó ni el suspiro. Tenemos conversaciones bienintencionadas y cortas. Al final ella siempre anuncia que me está preparando una encomienda, detalla los productos y me muestra los dibujos que me van a mandar mis tres sobrinos, en los que siempre aparezco con labios enormes, trajes floreados, capas doradas, coronas y unas llamativas botas texanas que nunca tuve ni tendría. A veces me dice «esta va con sorpresita», y le encima una foto de cuando éramos chicas, de las muchas que tiene ella

10

en sus álbumes ordenadas por año. Me da lástima que ni los dibujos ni las fotos lleguen enteros, porque ella pone todo en una misma caja y el papel se moja con las pulpas de fruta que respiran en la bolsa durante el viaje. Algunas fotos, según el papel, resisten mejor; no se llegan a desintegrar, pero el líquido borronea nuestras caras y nos vuelve fantasmagóricas.

Así que suelo recibir cajas perfectamente embaladas por fuera pero embutidas en comida podrida.

Yo permito que mi hermana me mande encomiendas porque decirle que no requiere una explicación que ella se va a tomar a mal, reafirmando para sí que la distancia me ha vuelto una persona displicente. Tras los años de ausencia y vínculos cambiantes, la estrategia más segura para mantener la armonía consiste en simular que entre ella y yo no hay mayores diferencias. Neutralizarnos. Eso supone un esfuerzo importante de lado y lado. Sé cuánto le cuesta a ella aparentar que mi vida de exiliada le resulta una cosa normal y no una extravagancia, *un exceso de excentricidad.* Y yo debo aceptar naturalmente cosas como que el empaquetado al vacío de productos perecederos es una técnica desdeñable.

–Cuenta con eso –me dice ahora desde la pantalla de la computadora.

Hoy no nos tocaba hablar, pero la llamé porque voy a necesitar su ayuda para tramitar un papel que me están pidiendo para la beca. «¿Otra beca?», fue su primera respuesta, más bien tibia. «Pero en Holanda», le expliqué: «el primer mundo.» «¡Te felicito!» Ahí estaba la reacción esperable, que ahora yo debía mati-

11

zar: «Pero todavía no me la dieron.» Y ella: «Pero te la van a dar.»

No le he explicado el trámite todavía y ella ya me está contestando que sí, que cómo no, que se va a poner en eso cuanto antes. Al igual que otras veces se muestra resuelta a hacerme favores que después olvida. Parte del chiste de ser la hermana mayor consiste en trasmitirme esa seguridad entusiasta pero vaporosa.

Cada vez que hablamos yo voy reforzando mis ideas sobre la falacia que propone el parentesco. Con cada llamada la teoría gana en espesor lo que pierde en claridad. Imagino mi cabeza hospedando lombrices largas que se dan golpes contra las paredes; que crecen despacio y desmesuradamente; que se enrollan en sí mismas para ocupar cada vez más lugar. Las he dejado estar ahí durante años, deseando que el tiempo les pase por encima y las aplaste. Pero el tiempo no ha sido más que un fermento. Un día las lombrices van a brotarme del cuero cabelludo como una medusa.

–... y unas cocaditas de las que te gustan –dice mi hermana como cierre de una enumeración a la que no estuve atenta. Es el inventario de la última encomienda que me preparó y que debe estar por llegar. De la anterior no pasó ni un mes, lo que me parece inusual, pero no quiero interrumpirla para preguntarle por qué tanta premura, porque la conversación se alargaría demasiado.

Mi teoría supone que la conciencia del vínculo basta para convencer a las personas de que el parentesco es un recurso inagotable; que alcanza para todo: unir destinos enfrentados, torcer voluntades, comba-

12

tir deseos de rebelión, transformar mentiras en memorias y viceversa; o bien, sostener una conversación anodina. Pero no alcanza, al contrario. El parentesco es un hilo invisible, toca imaginarlo todo el tiempo para recordar que está ahí. Las últimas veces que vi a mi hermana me repetía a mí misma: «Somos hermanas, somos hermanas», como quien solo puede explicarse un hecho misterioso acudiendo a la fe. Distinto es vivir con los parientes –eso pienso siempre que la veo a ella con su prole–, descubrirse todos los días en las caras y los gestos de otras personas que envejecen contigo y que reproducen como esporas tu información genética. Cuando mi hermana mira a su hijo mayor –idéntico a ella–, puedo ver la satisfacción –y el alivio– en sus ojos: viviré en tu cara para siempre. Quizá el entendimiento entre ellos tampoco sea tan simple ni automático, pero la aceptación llega más rápido.

Ahora mi hermana arruga la frente y desvía la mirada, lo que indica que está pensando en cómo llenar el bache en el que cayó la conversación. Esta es una instancia que me aterra. Lo que sigue es el vértigo, la caída en picada en la charla banal. Y yo no soy buena en eso. Soy mala, pero no porque me falte habilidad –puedo sostener larguísimas conversaciones banales con otros–, sino en el sentido de la vileza. El único antídoto que conozco contra la banalidad es la vileza. Nunca aprendí a ser compasiva con mi familia.

A veces siento que en mí viven dos personas, y que una de esas personas (la buena) controla a la segunda, pero a veces se cansa y baja la guardia y entonces la otra (la vil) se aparece sigilosa, con unas ganas locas de herir por gusto.

Hace unos años volví a mi país por unos días para renovar el pasaporte. Mi hermana me invitó a alojarme en su casa, con su familia. Como ella y su marido trabajaban y el niño –entonces era uno solo– iba a la guardería, me quedaba bastante sola en su casa. Me cedieron el cuarto del niño, dormía en una camita baja con sábanas de los Power Rangers y para mirarme al espejo del clóset debía agacharme un poco. Después me iba al comedor, me preparaba un té y me sentaba a escribir. A veces hacía recreos para husmear. No encontraba muchas cosas llamativas, mi hermana es una persona obvia. Su único secreto era una foto de mi padre escondida en su clóset. Ya conocía esa foto, cuando me mudé de país me dijo que, si la quería, me la llevara. «No, gracias, tú la vas a guardar mejor», le dije. ¿Y por qué eso era un secreto? Porque su hijo tenía una versión de la familia que no contemplaba un abuelo materno. Ni muerto, ni vivo, ni nada. Cuando le pregunté por qué lo hacía –editar su genealogía de esa forma antojadiza– me dijo: «Es complicado.»

En el clóset también tenía colgados sus looks completos en perchas de madera maciza para que soportaran el peso –porque el conjunto incluía los zapatos, guardados en una bolsa de lona con manijas que colgaba del cuello del gancho–. Me pregunté cuándo los decidía, si los mezclaba cada tanto o si eran invariables. En su mesa de luz había revistas marcadas en alguna página que a lo mejor ella quería leer o releer. En general eran notas sobre cómo resaltar las virtudes del cuerpo y disimular las imperfecciones. Era, más o menos, el tipo de cosas que le interesaban desde la adolescencia. Eso, sumado a vivir en el mismo barrio en el que habíamos crecido, hacía que su casa me pareciera una puerta hacia el pasado.

Cuando ellos llegaban, el marido –que se preciaba de ser un buen cocinero– cocinaba y ella bañaba al niño. Yo quería ayudar, pero no sabía bien cómo podía insertarme en una familia conformada, con sus rutinas y sus costumbres. Hacía cosas elementales: poner la mesa y contarle cuentos a mi sobrino hasta que alguno de los dos empezaba a bostezar –en general, yo–. Después me sentaba con mi hermana a tomar una aromática y la escuchaba relatar su jornada con detalles exasperantes. Para ese momento, mi tía Vicky llevaba cerca de un año muerta, y mi hermana seguía enojada. Pero no estaba enojada con la muerte ni con la vida ni con Dios –«que se la llevó tan pronto»–, sino con el calentamiento global, los residuos tóxicos, los laboratorios que fabricaban virus, la radiación de las antenas colocadas en la vía pública y todo aquello que pudiese estar atrofiando nuestras células. La cotidianeidad que compartíamos era una ficción, pero los primeros días funcionaba. Por momentos, incluso, se sentía agradable. Yo tomé por costumbre ir al kiosco a comprar chocolatinas mini Jet que luego escondía en lugares donde sabía que mi hermana y su familia las iban a encontrar fácil. Siempre se hacían los sorprendidos, todos fingíamos no saber de dónde habían salido y a mi sobrino le agarraba una risa nerviosa, unos cacareos de pánico bastante incontrolables. Ni así confesábamos, lo dejábamos creer que un duende entraba en la casa a dejarnos golosinas. Al cabo de unos diez días de estar ahí, sin embargo, apareció la otra, la vil, y empecé a hacerme la elegante; a decir ridiculeces con la nariz alzada, como quien huele todo más de la cuenta: «¿Quién habrá inventado esa costumbre ordinaria de encimarle queso a un pescado?», lancé una noche, y revoleé los ojos de asco. Mi sobrino entendió lo suficiente como para dejar sin probar el plato que le había servido su papá con un filete de róbalo ahogado en cheddar. Camuflaba mis exabruptos en alcohol, de manera que en un análisis posterior de la situación alguien pudiese decir: «Pobrecita, hace malos tragos.» Un poco era cierto. A medida que bebía la velada iba perdiendo lustre y aumentaban mis ganas de señalar la opacidad que nos envolvía a todos. La noche antes de irme subí la apuesta: «La comida cremosa es el disfraz de la impericia», dije, no bien abrí la segunda lata de cerveza, «un buen cocinero prefiere mearse en su plato antes que bañarlo en crema.» Y mi hermana corrió a tirar a la basura el pionono de pollo y bechamel que me había preparado de sorpresa. Acto seguido alzó el teléfono y pidió una pizza.

¿Sabía que mi hermana se había pasado la tarde batiendo huevos, macerando pimentones, dorando ajos y ejecutando no sé qué otras especificidades dedicadas enteramente a mí? Obvio que sabía. ¿Sabía que la verdadera elegancia era una mezcla de humildad y discreción? No lo sabía. Y el hecho de que mi hermana no hubiese contestado indicaba que ella sí. Su grandeza me aplastaba. A la mañana, con el taxi afuera, la maleta en la mano y los pies hundidos en una niebla extrañísima que flotaba en la calle, pedí perdón. Pero lo dije bajito, sin dirigírselo a nadie, y las palabras se evaporaron. Me asomé por la luneta del auto para verla mientras me alejaba: una niña gigante esperando a que sus padres fueran a buscarla. Una postal del desamparo. Y yo, una fugitiva. Lloré el resto del viaje en taxi y también lloré en el avión, hasta que una azafata me ofreció un whisky al que le sumé un somnífero.

Así que ahora la escucho en silencio y le doy respuestas mentales que atizan mi fastidio en lugar de paliarlo. Ahora la escucho y asiento dócil, mientras batallo por contener a la criatura ofuscada que tengo adentro, arrancándose las cutículas sangrantes con los dientes.

Cualquier persona más o menos cuerda consideraría sospechoso el hecho de que me sigan irritando cosas tan insustanciales como su gesticulación inmoderada o esa tosecita mínima pero constante que la hace interrumpir las frases para aclararse la garganta con una especie de rugido. Una vez intenté contarle todo esto a mi amiga Marah y ella se quedó pensativa para luego decirme:

–Quizá crecer significa aprender a transformar esa irritación en ternura.

–Ya.

–¿Viste cuando uno dice «me da ternura», pero no en un sentido sarcástico, sino resignado?

–¿Sí?

–Ok, eso es un síntoma de haber crecido.

O sea que, según Marah, yo no había crecido. Padecía un enanismo emocional.

–O quizá no –le contesté–: quizá la irritación proviene de algo más que prefiero pasar de largo por pereza.
–¿Por pereza?
–Sí, me da pereza desentrañar.
–Pero ¿por qué?
–Porque dura demasiado, dura para siempre y, en general, no se saca mucho en limpio.
–Entonces –dijo Marah–, ¿cuál sería tu solución?
–Evadirme –sonó como si no estuviera improvisando, como si hubiese estado masticando esa respuesta junto con mis uñas–: soltar el peso y liberarme.

Eso mismo hago ahora. Me dejo ir por el ventanal del departamento que da a la terraza y que, desde este ángulo, da a un edificio en construcción varias cuadras adelante, y cuya estructura cuadriculada y hueca contiene pedacitos de cielo. De lejos parece un dibujo. La obra está parada hace meses. Quedó lista la estructura de hormigón, terminaron pisos y losas, pero no llegaron a las aberturas. Iba a ser un edificio de oficinas, cincuenta pisos de concreto y vidrio y uno de esos ascensores panorámicos de los que, con frecuencia, hay que ir a sacar a alguien con vértigo. O con pánico. O bañado en vómito.
La arruga en la frente de mi hermana empieza a disolverse:
–¿Está haciendo mucho calor? –dice.

–No, ahora es otoño.

–Qué lindo, como en las películas.

¿Qué películas?

–Pero hay un sol brutal –digo.

Es cierto. Por las ventanas huecas del edificio gris, *el sol brota brutal y brillante.*

–Acá también, ya sabes, acá es el verano eterno –se ríe sin ganas.

Verano. Difícil decirlo sin el contraste. Calor excesivo todo el año no significa verano.

–En fin, también es lindo el verano, ¿no? –dice ella.

Verano significa el rebrote de algo que ha muerto. Sin muerte no hay vida, quiero decirle. Las hojas enfermas mueren primero, y eso es bueno para ellas porque rebrotan antes, justo al comienzo del calor. Las más sanas resisten, atraviesan la estación y se mantienen vivas en un clima que las hiere. Viven más y sufren más. Son mártires.

–No sé si me gusta el verano. –Supongo que ella espera que diga eso para poder darme una respuesta tranquilizadora.

–Qué suerte, entonces. Porque acá no tendrías opción.

La verdad es que mi hermana no siempre llena los baches en las conversaciones de la misma forma. Tengo que reconocer que se las ingenia mejor que yo. Algunas veces, cuando se da cuenta de que llevamos un rato calladas y mirando lejos, procede con una estrategia que me parece sabia: contarme historias de gente que yo no conozco, o que conozco solo a través de su relato reiterado, gracias a lo cual me resultan de fácil lectura. Así es como puedo darles respuestas atinadas a sus preguntas arbitrarias:

¿Adivina lo que me hizo María Elvira? / Te pidió plata prestada y no te pagó. / Eres bruja, ¿sabes?

¿A que no sabes lo que le pasó a Lucho? / ¿Cuál Lucho? / El tío Lucho. / Se emborrachó y lo robaron. / ¡Tal cual!

¿Te acuerdas del hijo de Patricia Piñeres? / Creo / Pues... / Es gay. / ¡Ajá!

Melissa, mi cuñada, dejó el trabajo. / ¿Por qué? ¿Se volvió a embarazar? / ¡Virgen Santísima!, ¿cómo lo haces?

Pero hoy no sucede eso. No me cuenta nada de nadie. Cuando nota mi silencio se queda callada y suspira. Supongo que ella también se harta del peso de la incomprensión; supongo que yo no solo le parezco una hermana *desprendida, desdichada y displicente*, sino una mujer soberbia. A ella tampoco le alcanza el parentesco, claro que no. En casos como el nuestro, llevarse bien no es una cuestión de magia o de química o de afinidad, sino de *tenacidad, de tozudez, de trabajo tortuoso*.

A veces la evasión consiste en imaginar un hueco negro en el pensamiento por el que lanzo enumeraciones capciosas, o palabras parecidas en su forma y significado. En todo caso, la evasión es siempre un juego tonto que me ayuda a desviar el foco.

—Bueno, ya te va a llegar la encomienda —dice, como preámbulo del cierre.

Entonces me fijo en su ropa: más formal que

otros días, toda en la gama de los beige, como arreglada para ir a un bautismo. Tiene el pelo planchado, en un tono más claro que el de la última vez, sin raíces visibles. Es un milagro que le siga creciendo pelo después de haber usado Alicer durante tantos años, y de un modo tan constante que mi tía Vicky tenía que hacerle compresas de sábila para curar la irritación de su cuero cabelludo. Mi hermana es blanca como un merengue de claras, pero tiene el pelo enrulado, apretado y feroz, y ese, según decía mi abuela, es el único y verdadero rasgo definitorio de la negritud. Buena parte de su adolescencia estuvo dedicada a erradicar ese rasgo, aunque fuera lacerándose la cabeza.

–¿Vas a algún lado? –le pregunto.

No hay ruido a su alrededor, lo que me hace suponer que no están los hijos ni el marido ni ese perro molesto que va soltando pelos a su paso. Es sábado y en general andan todos por ahí, zumbando por los rincones como chicharras de monte.

–Nos vamos al crucero.

–¿Adónde?

–Te había contado, nos vamos a un crucero.

Y que están tan contentos porque los niños tienen montón de actividades, dice. Y que hay un cine con *monster screen;* piscina de olas y piscinas normales; chefs de todo el mundo; clases de yoga; un spa brutal; tiendas de marca; dos eventos de gala...

–¿Y el perro?

–Se queda con los vecinos, ahora mismo lo están llevando.

–¿Ya se van?

21

–En dos horas sale el barco, pero todavía tenemos que llegar al puerto.

–Ya.

–Bueno, cuídate. –Se acerca a la pantalla y suelta un beso sonoro.

–Buen viaje –contesto, pero su cara ha desaparecido. Solo encuentro la mía reflejada en la pantalla, con esa expresión de molestia que me queda cuando siento que me perdí algo.

¿Cuál es el destino del crucero? ¿Cuándo lo planeó? ¿Es un viaje repentino? ¿Es un premio?

Recuerdo mi papel, el trámite, la urgencia de mi llamado.

Marah me habría dicho que, a lo mejor, no existía tal urgencia.

¿Cómo que no?

¿En serio quería irme a Holanda?

Sí, quería.

¿A qué?

A escribir.

¿Y acá qué hacía?

Lo mismo, pero con padecimiento.

Y ese chico con el que estaba saliendo hacía, ¿cuánto?, ¿dos, tres meses?, ¿no me hacía dudarlo ni un poco?

No.

¿Ni un poco?

No.

¿No?

2

Vivo en un piso siete con una vista interrumpida por copas de árboles y algunas torres nuevas y modernas que han ido construyendo en la manzana. Casi enfrente, más bien en diagonal, hay un edificio de lofts de doble altura, fachadas de acero y vidrio. Son caros, pretenciosos, ínfimos. Desde mi departamento puedo ver todo lo que pasa adentro del único loft que mira al costado, el de la pareja y el bebé. Hoy no están. Se fueron anoche con un par de bolsos de tela y el cochecito plegado y, como de costumbre, dejaron la luz encendida para despistar a quién sabe quién. «Quizá lo hacen para no tropezarse cuando regresen», había dicho Axel, mientras los veíamos irse desde mi terraza. Nos habíamos sentado en un par de sillas plásticas, lejos de la baranda porque a él le daba vértigo. Anoche fue la tercera vez que Axel vino a mi casa. En general vamos a la suya, que está mejor equipada y no tiene balcón.

No me gusta que los vecinos se vayan. Me obliga

a mirar otras ventanas con panoramas más difusos. Creo que a ellos tampoco les gusta irse, cuando regresan se los ve malhumorados. Se pasan al bebé de brazo en brazo y el bebé llora porque percibe su incomodidad. Ellos, a su vez, se atolondran con el llanto: lo mecen muy rápido, empalidecen, parece que están por desplomarse hasta que el bebé se calma y el oxígeno les vuelve. No sé cómo pueden recuperar el equilibrio que se les escapa en cada uno de estos episodios, delante de sus caras, como una nube fulminante de jejenes.

Ahora estoy acodada en el balcón. Yo no tengo vértigo, al contrario, mirar desde la altura me apacigua. Abajo el portero barre la entrada del edificio. Tiene puesto un buzo marrón que, visto desde arriba, lo hace parecer uno de esos bichos redondos que huelen mal. Chinches, les dicen. Mira hacia arriba, achina los ojos por el resplandor del cielo y me descubre mirándolo. Lo saludo, él se apoya en la escoba y me saluda de vuelta. Cae una lluvia lenta, pero constante, de hojas amarillas. Espero a que se dé vuelta y continúe su tarea. Máximo, así se llama el portero, puede pasarse todo el día barriendo. Y en ese ejercicio se le va formando una pelota de amargura en la boca del estómago. Ese tipo de amargura que, a la larga, te lleva a agarrar un palo y a ensañarte contra un perro o un anciano.

El sol atraviesa el follaje y yo dejo la terraza.

El pronóstico anuncia lluvia todo el fin de semana, aunque todavía ni se la huele. No pienso salir. Voy a arreglarme con alguna lata de atún y una manzana y voy a sentarme a escribir toda la tarde el proyecto de la beca. Me quedan diez días para mandarlo.

Doy unas vueltas remolonas por el departamento: cocina, sala, habitación, baño, habitación, sala, cocina. Si mis pasos dejaran marcas en el piso, el dibujo del recorrido sería el de una U de abertura angosta. Mi departamento también es ínfimo, pero en un sentido más proletario que los de enfrente. Me esfuerzo en despojarlo de cualquier adorno porque temo que, si me dejo llevar, voy a revelar algo de un gusto pueblerino que rechazo pero que, en el fondo, sé que tengo y que puede desbarrancarse con muy poco. Así que procuro mantenerlo limpio y curado, privilegiando los elementos funcionales que, en su mayoría, viven en la cocina. Disfrazo mi ignorancia de minimalismo.

Lo único en este espacio que escapa a esa vocación austera es el sillón Chesterfield que ocupa todo el ambiente destinado a la sala-comedor. El Chesterfield es mi sillón para las visitas, y mi *chaise longue* para las siestas y mi escritorio y mi mesa de comer. Lo compré en una feria americana en la casa de una anciana rica que había muerto. La feria estaba anunciada en una página a la que me había suscrito y cada tanto me llegaban notificaciones de ventas a las que no iba. Siempre ocurría que lo que me gustaba era muy caro y lo que podía comprar era doloroso porque me echaba en cara mi precariedad. A esta feria fui porque la anciana muerta se llamaba como yo y esa casualidad alcanzó para convencerme —aunque no era tan raro: mi nombre, al menos en esta ciudad, es un nombre antiguo–. Cuando llegué, el sillón ya estaba vendido; eso me dijo la organizadora mientras sacudía determinante su corona de bucles rojizos, y enseguida quiso consolarme con un juego de cubiertos de plata ennegrecida. Entonces apareció el hijo de la muerta, que tenía una especie de retardo y por eso nadie le prestaba mucha atención cuando ofrecía las baratijas exhibidas en la mesa del jardín, el sector al que lo había confinado esa mujer cruel de pelo rojo. El caso es que se ve que el muchacho no pudo tolerar la desilusión que tiñó mi cara, porque me condujo hacia afuera y, mientras insistía en mostrarme unas sombrillas mohosas, se sacó del bolsillo la tarjetita que decía el nombre y el modelo del sillón con la leyenda «comprado por» seguida por un tachón que yo debía remplazar por mis datos para luego colocarla en la urna de las ventas. «Es tuyo», dijo en su modulación aletargada, y me dio la tarjetita con un gesto parecido a una reverencia. Y así fue como perpetuamos un fraude que me salió carísimo: entre el precio que pagué y el transporte que contraté, gasté mi presupuesto de dos meses.

El sillón queda tan desubicado en mi sala que tiene su gracia. Cumple la función de aislarme en una falsa burbuja de sofisticación, incomprensible para la mayoría de quienes entran en mi casa. Anoche mismo, Axel me preguntó si acaso yo era una condesa venida a menos «o algo así». Se rió. Yo me quedé mirando cómo su cara se desdibujaba a medida que crecía su desconcierto ante mi silencio. «Chiste», remarcó. Yo pensaba en lo hueco de la expresión que remataba su comentario: «o algo así». ¿Algo como qué? Al final le di una de esas respuestas genéricas que pueden aplicarse a distintas preguntas: que nadie se interesaba lo suficiente en mirar, eso le dije, y así era como algunos se llevaban una idea falsa de mis gustos y de mi casa (en realidad dije una idea *fatua y falsa* y mi memoria editó la redundancia), lo cual reforzaba mis pocas ganas de explicarme a los demás. Cuando terminé de hablar me sentí estúpida y debí verme estúpida porque él no se quedó a dormir. En el medio hablamos de otras cosas que ya no recuerdo. Entramos en un baile de vaguedades que lo arruinó todo.

Es mediodía, mi hermana ya debe haber embarcado en su crucero. La puedo ver excitada frente al despliegue de pantallas interactivas que muestran el mapa del barco señalizado con banderitas: «... hay más de veinte estaciones de comida internacional».

Cuando mi hermana no está, pienso, ¿quién se ocupa de mi madre?

En la cocina no encuentro el atún. En la alacena hay maní salado y nachos. Abro la nevera: agua, galletas húmedas, un frasco de aceitunas en salmuera. Elijo las aceitunas y los nachos, los acomodo en el piso al lado del sillón, al lado de la laptop, y voy al baño. Cuando me levanto del inodoro me sorprendo al ver mi cara en el espejo del lavamanos. Descubro algo nuevo. Un gesto contenido esperando que lo libere. Miedo, pienso. ¿Miedo de qué? Algo me hace pensar que llevo más de una mañana viéndome así.

¿Meses? ¿Años? Me froto la cara con las manos. Me peino, espanto la idea, abandono el espejo y vuelvo a la sala. Me siento en el sillón y miro la ventana: un cielo abúlico, todavía sin nubarrones. Me presiono con el pulgar el centro de la palma de mi mano hasta que siento un pinchazo y suelto.

Me despierta un golpe en el vidrio, pero no hay nada afuera. Llueve, el viento debe haber sacudido la puerta corrediza que sale a la terraza. Me levanto del sillón, enciendo la lámpara de piso y no funciona. Supongo que se cortó la luz por la tormenta. Escucho otro golpe, miro la puerta y veo a un hombre con capucha afuera. Doy unos pasos rápidos hacia atrás, choco con la lámpara que cae al piso y se rompe la bombilla. El hombre golpea con ambas manos, luego se saca la capucha del impermeable:

–Soy Máximo –me dice.

Es Máximo, me digo, pero sigo paralizada. Hay noches en que todo me parece una amenaza.

–¿Estás bien? –dice él, con la voz filtrada por el vidrio y la tormenta.

Asiento, pero no se ve nada, así que él no puede notarlo. Levanto la lámpara caída, barro con el pie los restos de la bombilla, formando un montoncito de vidrios en un rincón. Abro la puerta corrediza:

–¿Qué pasa?

Máximo está empapado. Tuvo que subir a la terraza para acceder al tablero de la electricidad porque se quemó un fusible, dice.

–Ok –digo.

Que usó la escalera externa de emergencias, y que no había sido su intención asustarme. Sigue hablando mientras se dirige al tablero. Antes de volver su vista sobre esa constelación de fichas anaranjadas, me pregunta otra vez:

–¿Estás bien?

–Sí, sí. –Y le ofrezco un café que acepta.

Vuelve la luz y voy a la cocina a prepararlo. Cuando regreso Máximo está apoyado en el marco de la puerta corrediza. No entra porque va a chorrear agua y a arruinar el parquet, explica. Se va a retirar por las escaleras auxiliares, tal como entró. Asiento.

–¿Recibiste la caja? –dice, tras darle un sorbo generoso a su café.

–¿Qué caja?

–¿No la recibiste?

–No.

–Es muy grande. –Termina el café y me extiende la taza sin un gracias ni un nada. El gesto desdeñoso, sumado a la mención del tamaño de la caja (que, asumo, es la encomienda de mi hermana), me recuerda mi mudanza a ese departamento: lo que costó entrar el Chesterfield desde el que ahora lo miro, mientras él se frota las manos para entrar en calor.

El operativo consistió, en principio, en hacer envolver el sillón en una especie de papel film muy grueso y reducirlo en una proporción importante, pero aun así no cabía por el ascensor ni por las escaleras. Entonces me tocó contratar un servicio de señores con arneses que lo ataron con cuerdas y lo alzaron, y volaron como Campanitas escoltando el sillón hasta la terraza. Fue un show acrobático que filmé de principio a fin. Máximo desaprobaba todo el asunto, le parecía riesgoso, caprichoso, tontísimo: «Ni siquiera es un lindo sillón», me dijo en una de las tantas discusiones que tuvimos al respecto. Para endulzarlo le compré una caja de bombones y una tarjeta que decía gracias en mayúsculas brillantes. Él la recibió con la misma expresión que recibía las quejas del consorcio y no se privó de decirme que acá las cosas no se hacían así. Con «acá» se refería a su país, que no era el mío; con «así» se refería a cualquier forma que lo desconociera a él como autoridad soberana.

–La trajeron a la tarde, yo les abrí. La subieron entre cuatro, porque es de madera, pesadísima. –Toma aire, como si el simple relato lo hubiese agotado–. Usaron esos carritos con palanca, pero igual.

–Ya. –Vuelvo a tomar de mi taza vacía.

Máximo asiente y mira la puerta de entrada del departamento. La señala con el mentón:

–Debe estar ahí afuera, en el pasillo.

3

El domingo amanece soleado, pero yo sigo adentro.

Desde la cama puedo ver un pedazo de cielo imperfecto: el azul entrecortado por nubes flacas que se deshacen como vapor de ducha. Al final toman la forma de andrajos secándose al viento y me aburro de mirarlas, pero no me levanto hasta que suena el teléfono.

—¿Volvieron? —Es Axel. Solo él me llama al teléfono de línea: un inalámbrico viejo que ya estaba en el departamento cuando lo alquilé.

—¿Quiénes? —Se me viene a la cabeza Ágata, la gata del edificio que se perdió hace algunas semanas. Pero Axel habló en plural. Además, no estoy segura de haberle contado de Ágata.

—La pareja de enfrente —contesta.

Yo soñé con Ágata.

—Ah, espera que me fijo. —Salgo a la terraza y miro: todo sigue igual—. No volvieron.

—Ok. ¿Y qué haces?

–Tomo impulso, porque después tengo que trabajar.

–¿En qué?

Tampoco le conté que me postulé a una beca que, si llego a mandar a tiempo, es muy probable que me den. ¿Por qué? Porque soy barata y vistosa: sola, joven, latina. Y, sobre todo, porque conozco a la organizadora; ella misma me convocó: *«It is perfect for you.»* En caso de que me den la beca el plan es mudarme a Holanda por un año que, en mis planes, podría extenderse a tres, o a siete, o a diez. Nada de eso sabe Axel.

–Algo nuevo –contesto–, todavía no lo tengo claro.

Desayuno en la terraza. Antes debo secar la mesa plástica y abrir la sombrilla que esta empapada y me moja íntegra. Entro a cambiarme, agarro una manta por si refresca y voy por la laptop. Cuando salgo encuentro a Ágata y me abalanzo sobre ella. Quizá no fue un sueño, a lo mejor estuvo maullando al pie de mi ventana toda la noche. En el edificio la dan por muerta y me culpan a mí, aunque nadie me lo dijo directamente. O sí, León, el niño de la planta baja al que a veces cuido porque su madre, que es enfermera, se retrasa con frecuencia en la guardia del hospital y la niñera va al secundario nocturno. «Mi mamá dice que te comiste a la gata», me dijo León una mañana, hace unos días. Ambos estábamos en la puerta del edificio (él esperando su transporte escolar y yo un Cabify). Le sonreí y me guardé la respuesta para su madre por pura piedad con el niño. «Nadie se retrasa tanto en una guardia salvo que se acueste con el médico de turno», eso me había dicho la niñera de León una de esas noches en que debió entregármelo con su pijama de alces pero sin ninguna intención de irse a dormir.

Ágata circulaba por todos los departamentos, pero tenía una preferencia evidente por mi terraza. Cuando se planteó en la reunión del edificio si la gata debía ser adoptada por alguien o si debíamos dejarla circular a sus anchas (considerándola una mascota de la propiedad), todas las miradas se posaron en mí, cargándome con el peso de la decisión. Lo más lógico era pensar que alguien solo podía ocuparse perfectamente de un gato, dijo Carla, la mujer que presidía las reuniones. Después de todo, un gato era un animal independiente que no necesitaba más que agua y comida y un trapo viejo para echarse a dormir. Lo mismo que un vagabundo, pensé, y sin embargo nadie te pediría hacerte cargo de uno.

–Ágata, ¿dónde estabas?

La alzo y la abrazo. La gata se deja acariciar, pero me mira con gravedad: como si me trajera una noticia que no se atreve a darme.

–¿Qué pasa, Ágata? Dime, por favor.

Pierde el interés y se escapa. Camina hasta el rincón donde está su trapo de dormir, pero lo encuentra mojado y sucio. Sigue de largo hacia adentro, aunque se lo tengo prohibido. Se trepa al Chesterfield con impunidad total. Yo voy a la cocina y le sirvo agua y comida y pongo los boles en la terraza esperando que me siga, pero ella permanece en el sillón siguiendo mis movimientos con los ojos muy abiertos. Antes de sentarme en la mesa a trabajar le echo un último vistazo y siento algo nuevo, una especie de alivio, de caricia inesperada. Luego hago un paneo por la terraza: busco hojas para barrer, nuevos charcos para secar. Una excusa que me permita dilatar la escritura. La terraza se ve limpia y se siente acogedora, igual que la primera vez que la vi y pensé en lo altanero –en el mejor sentido– que me resultaba ese espacio: la terraza ocupa la mitad de la superficie del departamento. ¿Quién puede permitirse eso? Una de las mitades, la de adentro, está dividida en tres ambientes que parecen boxes de oficina: la habitación con su baño; la sala-comedor y la cocina con un pequeño lavadero que uso de depósito. La otra mitad es solo esto: el vacío. Cuando me mudé tuve la tentación de poner plantas, pero me contuve a tiempo. Los tallos secos me hubieran invadido porque yo no me habría dignado a removerlos de sus macetas. Adoro los jardines de otros, las orquídeas y el azahar y los helechos frondosos; adoro el verde brillante de las hojas nuevas. Hay tardes en las que me maravillo mirando los canteros del balcón de la pareja y el bebé, tan frescos y coloridos y revoltosos. A veces espero la oscuridad solo para ver las formas imprecisas de las plantas contra la pared. Se las ve relajadas, díscolas, libres de la imposición decorativa. Pero me atrae muy poco la idea de cuidar un jardín propio, porque siento que en mis manos cualquier brote perdería su vitalidad tan rápido como yo perdería el entusiasmo.

Llevo tres párrafos escritos y ya sé que no sirven. Cuando arranco estoy tonta, o sea, dispersa. No tanto como para no darme cuenta, pero lo bastante como para no poder remediarlo. Ágata sale a la terraza y se echa panza arriba bajo un chorro de sol. La noto más gorda y me pregunto dónde habrá estado, qué habrá comido, si alguna mano amable le habrá acariciado el lomo todas estas noches.

La primera vez que Ágata se apareció en la terraza me trajo como ofrenda una media robada del tendedero de algún vecino. Esa misma media la usé después para hacerle una pelota que todavía anda por ahí, toda hirsuta y mugrienta. Después empezó a traer pañuelos, camisetas, la sandalia de un niño, un pan con manteca.

Me levanto de la mesa y le acerco el bol de comida, pero insiste en ignorarlo.

Me acodo de vuelta en el balcón. El esqueleto del edificio en obra me parece un paisaje bellísimo. Ojalá nunca lo terminen. Ágata se acerca a mis piernas y se frota contra ellas mientras ronronea. La miro y pienso que estamos ante una de esas raras coincidencias del bienestar: Ágata está contenta y yo estoy tranquila, que es casi lo mismo. Nos bastamos. Ninguna de las dos parece querer estar en otra parte. Pero el zumbido del portero eléctrico la alerta y se escapa hacia adentro. Desde el balcón puedo ver que es Máximo y no tengo ganas de contestarle, así que me echo hacia atrás antes de que me descubra. Vuelvo a la computadora, releo dos párrafos. El portero eléctrico suena otra vez, no lo atiendo. Intento seguir leyendo, pero el zumbido me distrajo, me enfrió, me alejó. Cuando pasa eso me cuesta retomar, recordar que lo que estoy haciendo me importa y tiene una razón de ser. Porque la verdad es que sí me importa, pero no tiene una razón de ser. Lo que ocurre es que, si me esfuerzo y me concentro, puedo inventarle alguna convincente.

Maldito Máximo.

Voy a la cocina a prepararme un mate.

Lleno la pava eléctrica de agua, la prendo, busco la yerba y el azúcar, pierdo el tiempo. Tomo aire, me inflo de determinación:

—Tengo que escribir —le digo a Ágata, que me sigue.

La postulación consta de dos partes, la primera, supongo, es la que más importa. Se trata de explicar en qué consiste mi proyecto, lo que me propongo escribir durante el tiempo de la residencia. Pero aún no lo tengo claro, así que arranco por la segunda que, en teoría, es más sencilla: debo escribir una composición sobre mis sensaciones frente a la escritura. Malísimo. O brillante. Según quién. Y aunque escribir es algo que hago todos los días desde hace años, vuelvo a sentir que eso que yo llamo «mi trabajo» no es más que otra estrategia de evasión. En el mapa universal de oficios, escribir equivale al esfuerzo que empeña una garrapata en alimentarse y sobrevivir entre depredadores. Yo me trepo en una rama, espero a la manada largamente, calculo la distancia menos riesgosa para dejarme caer sobre un bulto mullido y tomar una ración ínfima de su sangre que a mí me permite tener esta vida restringida pero suficiente.

Mi trabajo es pequeño. Y un poco rastrero, también.

A veces la conciencia de esa pequeñez puede con-

36

fundirse con resentimiento. Cuando cualquier persona más o menos cercana indaga en mi expectativa real frente a la escritura, mi explicación es tan abstracta que se lee como una queja o una respuesta resignada. Una noche León descansaba en el Chesterfield, mientras yo, reducida a una esquina, intentaba cerrar un texto que me había tomado la cabeza. Cuando él ya estaba casi vencido por el sueño me preguntó «¿Qué es lo que vos hacés?», y aunque ya se lo había explicado de distintas formas, esa y otras noches, repetí: «Escribo.» Y él, desde el más genuino desconcierto: «Pero ¿te pagan?»

Habría querido contestarle a León que eso no era lo importante. Que me importaba mi trabajo porque creía que en los oficios residuales circulaba más verdad que en los céntricos e importantes. Había oficios que te hacían pensar que tenías el poder de producir cambios a gran escala. Un ingeniero debía sentirse un poco de ese modo: magnánimo. En lo pequeño, en cambio, había un esfuerzo de síntesis que se traducía en esencia. La esencia no era magnánima, era forzosamente concentrada. La veías o la pasabas por alto, no podías hacer lo mismo con un puente. Yo no necesitaba convencerme de que la tuerca que aceitaba todos los días era importante para el gran engranaje que dinamizaba el universo, sabía de sobra que, si yo no aceitaba esa tuerca, nadie la echaría en falta. Sí, por supuesto que albergaba resentimiento, como la mayor parte de la humanidad. En cada una de mis frases se escondían guerreros furiosos queriendo disparar flechas al voleo. Pero yo los contenía, mantenía su furia al margen.

«A veces», le contesté a León esa noche. Él ya se había dormido.

Primero escucho el timbre y, enseguida, los golpes en la puerta. Uno tras otro: violentos, ruidosos.

Me levanto de la mesa de la terraza y entro al departamento, aturdida.

–¿Quién es? –digo, al tiempo que me asomo por la mirilla y no puedo ver nada porque algo la está bloqueando.

–Soy Máximo.

Abro la puerta y se me viene algo encima, un bloque gigante que tengo que frenar con el cuerpo.

–Todos los vecinos se quejan porque esto obstruye el paso, no se puede circular –dice Máximo.

–¿Qué?

Mis únicos vecinos son el matrimonio de al lado. El «todos» es pura provocación.

–Hace casi dos días que te llegó esto y acá sigue.

El peso de la caja me está venciendo.

–¿Me ayudas, Máximo, por favor? Pesa mucho.

Máximo bufa. Se mete por el costado, entre la caja y la pared, y la agarra a lo ancho con los brazos extendidos. Pide permiso, pero igual me empuja con su cuerpo, que es voluminoso como un buldócer, y entra arrastrando la caja como puede hasta dejarla caer en el sillón, acostada.

–¿Qué es esto? –digo.

Máximo vuelve a bufar. Se saca un pañuelo del bolsillo del pantalón y se enjuga la cara transpirada.

38

Sale murmurando cosas y cierra la puerta con un golpe.

Ágata se trepa encima de la caja, la olisquea y la lame.

—¡Ágata! —le grito—. ¡Sal de ahí!

Pero la gata no huye, sino que me encara con una mirada distinta a la de hace un rato en la terraza. Me siento en el piso, frente a ella.

—¿Qué pasa, Ágata?

En sus ojos enormes encuentro un pozo oscuro y movedizo que me muestra mi reflejo. Cierro los ojos y vuelvo a abrirlos y me parece ver, en el mismo reflejo, la cara de otra persona. Los cierro y los abro otra vez, solo para comprobar que el pozo en los ojos de la gata nunca se queda quieto. Por eso me hace distinta cada vez que me asomo.

Llamo a Axel, porque Máximo me ignora.

—No tengo nada de lo que me estás pidiendo —me dice.

—¿Ni un martillo?

—Un martillo puede ser.

Para abrir la caja necesito herramientas. Lo ideal es un destornillador de estrías para sacar los tornillos y desensamblarla: lo busqué en internet. Antes intenté abrirla con el cuchillo más afilado que había en mi cocina, y al encajarlo debajo del tablón que hace de tapa y hacer presión hacia arriba la punta se rompió.

—¿Puedes venir?

—Dame un rato, linda, estoy en lo de mis viejos.

Es domingo. La gente normal se junta en familia a comer y a deprimirse.

Una vez vi a los padres de Axel, los cruzamos en el supermercado cerca de su casa. Viven en el mismo barrio, supongo que Axel se siente responsable de ellos porque su única hermana se mudó a Australia o a Nueva Zelanda (nunca me acuerdo). Son dos señores altos, él un poco más que ella. Parecen actores genéricos, bien parecidos, pero hasta ahí. Ese día nada en su apariencia me pareció muy llamativo, salvo su compostura, su elegancia plana de suéteres caqui (él) y lila (ella). El encuentro fue incómodo porque la madre no paraba de sonreírse. La risa fácil me pone nerviosa, es confusa y deforma a las personas. El padre me pareció más normal, o sea más contenido en sus gestos. Axel estaba tan nervioso que casi no habló. Se pasaba la mano constantemente por el pelo y miraba las góndolas, buscando algún producto inexistente. El carrito de sus papás rebalsaba de comida; había, sobre todo, muchos aderezos que me parecieron osados para su edad. La madre tenía en la mano un juego de copas plásticas que decían «chin chin». Ahí una clasificación posible, pensé: La madre de Axel pertenece a ese grupo de personas que compran objetos que hablan. Boles con la leyenda «salad», boles más pequeños con la leyenda «snacks». Cuando estábamos por seguir nuestro camino y ellos el suyo la madre se acercó a darle un beso a Axel y él la esquivó sin querer, porque no se la vio venir. Me dio lástima y vergüenza, ella abrazó sus copas y se alejó. Por primera vez pensé en Axel de niño. Cuando veo a los padres de alguien cercano, me imagino al niño o a la niña que fue, lo traigo a escena y lo paro justo al lado de su versión mayor. Algo en esa foto me aflige. Los padres son el hueco en el que uno pega el ojo para espiar la infancia.

Vuelvo a mirar la caja: ocupa todo el sillón, o sea, toda la sala. Anuló el único ambiente útil de la casa. La leyenda roja de «Frágil» se lee en todas las caras.

A las seis vuelvo a llamar a Axel, pero no contesta.

Lo imagino mirando la televisión con sus padres, hundido en algún sillón demasiado blando, sofocado por el termostato de esa casa que, según me contó, no consiguen regular a temperatura media. Siempre hace demasiado calor o demasiado frío, lo que los obliga a estar permanentemente atentos a la cuestión de la temperatura y les impide relajarse. Es más fácil olvidarse del calor, opina Axel, porque no te das cuenta: empieza dándote golpecitos suaves que te emboban, pero no te noquean. No tan rápido. El frío es más violento. El frío se te clava en la carne hasta chocarse con el hueso.

Lo llamo otra vez. Nada.

Yo prefiero el frío exactamente por las mismas razones que da Axel. Su violencia, su expedición, en contraposición a lo traicionero del calor. El frío no engaña, no especula, no te va conquistando. Crecí acalorada, asfixiándome de a poco. Muchas veces, cuando le pregunto a mi hermana «¿Cómo estás?», ella contesta: «Ensopada.» Me parece una imagen perfecta para describir el estado de los cuerpos en ese clima.

Después de mirar la caja un rato intentando descifrar un mecanismo secreto para abrirla, desisto.

Quiero volver a la terraza, voy por un buzo a mi habitación. Elijo el negro que dice «Rabid Fox» en el pecho. Quedó abandonado hace meses en el perchero del baño. Estuve a punto de regalárselo a alguien de la calle, pero un día se coló en la bolsa que llevé al lavadero y volvió doblado y oloroso a Woolite. Me queda grande, pero me gusta mucho. Era de un chico con el que salía antes de Axel: uno de los dos chicos con los que salía antes de Axel. Ellos no estaban al tanto de esa vecindad, y yo, que nunca había salido con dos chicos al tiempo, me sentía transgresora, voraz, culposa, adrenalínica. Una ganga, pensaba: por tan poco, me pasa mucho. Pero después conocí a Axel y fue muy fácil dejarlos porque ninguno se mostró particularmente afligido. Aunque mi primera reacción ante la facilidad con la que deshice el vínculo fue ofenderme en silencio, luego lo pensé mejor y me dije que esa debía ser la relación más civilizada que había tenido. Valoré la indiferencia cariñosa con la que A y B se despidieron de mí: A con un abrazo largo; B con un beso y el buzo que ahora tengo puesto. El detalle del buzo es importante: me sirve para presumir que tengo un secreto conmigo misma. Siempre pienso que el recuerdo de esa relación doble va a envejecer bien. Pero un día caeré en la tentación de magnificarla y alguna voz severa en mi cabeza tendrá que alertarme: no fueron gran cosa, solo no te hicieron daño. No hacer daño no es un mérito, casi lo contrario. Para dañar, en cambio, se necesita ensañamiento, o sea, interés genuino. Es fácil no dañar, en general basta con abstenerse.

Cuidar es un mérito, desprenderse de algo valioso y no esperar que vuelva.

Y amar, dicen, que es más o menos lo mismo.

¿Axel me ama?

También dicen que el amor envejece en forma de gratitud. Así que le estaré agradecida a cualquiera que me haya hecho amar, incluso si no me hubiese amado. De ser así, si Axel me ama o no, me digo –¿me miento?, ¿me prevengo?, ¿me consuelo?–, es completamente accesorio.

Salgo a la terraza, quiero concentrarme en la postulación.

No podría reproducir el razonamiento del amor en un texto –escribir las palabras «ama», «amor», «amar», «amado»– sin empaparme los dedos de melaza. Si quisiera hablar de amor, remplazaría esa palabra por otra. ¿Por cuál? Aturdimiento, se me ocurre ahora. Me mareo. A veces me pasa eso con las palabras. Como ser carpintero y que el aserrín te dé alergia. Tengo palabras prohibidas, cada vez son más, y me cuesta encontrar nuevas que las remplacen. Conozco pocas palabras. Y no ando con una lupa rastreando diccionarios. Es todavía peor: ando esperanzada, convencida de que las palabras que busco van a venir a atropellarme.

Suspiro. Afuera huele a jazmines. Deben ser los últimos. O los primeros.

No queda mucho de la tarde. Días cortos, noches largas, empieza todo otra vez. La naturaleza no avanza, se repite, baila en círculos, bufferea.

Bostezo porque tengo hambre.

Se asoma una luna redonda y prematura.

4

A las ocho y media me levanto de la mesa para estirar las piernas y asomarme al balcón. Por la calle pasan dos mujeres con chaquetas deportivas –rosa flúo y naranja flúo– caminando a ritmo de marcha atlética. Dejan una estela zigzagueante que las hace parecer luciérnagas. Bichitos de luz, les llaman acá. Después veo a un chico detenido en la vereda, mirando la pantalla iluminada de su teléfono, mientras su perro le huele los pies. No es una calle muy transitada, pero siempre pasa algo. Miro adentro, hacia la sala: está oscura porque, recuerdo, la lámpara de piso se rompió. ¿Y la gata? ¿Se fue otra vez? La caja sigue abandonada en el sillón. Mañana tendré que encontrar algún modo de abrirla o de deshacerme de ella. A lo mejor llamo a la Iglesia y la dono así cerrada como está. Nada de lo que pueda contener esa encomienda me hace falta.

Siento la boca seca de comer nachos y aceitunas.

Avancé algo en mi postulación. Poco.

Me encamino adentro a buscar algo de tomar. Atravieso la puerta y tanteo la pared buscando la tecla de luz y cuando doy con ella se enciende la bombilla del techo que nunca uso; es demasiado potente y cegadora.

Entonces la veo.

Apago la luz. Es un reflejo.

En las paredes tiemblan las sombras que entran de afuera.

Prendo la luz. Ahí está: sentada en el medio del sillón, el pelo recogido en un moño tenso que le estira las sienes y despeja su cara morena —pestañas tiesas de rímel, rubor encendido, labios color tierra—. La veo enmarcada sobre un fondo limpio, como dibujada en un lienzo. Lleva un vestido de manga sisa, se abraza a sí misma frotándose los brazos.

—Tengo frío —dice.

La caja está desarmada en sus seis paneles, encimados unos sobre otros.

—Tengo frío —repite.

Así que corro a mi habitación y le traigo un chal que se pone sobre los hombros y luego me encara con esa mirada perturbada de la que creía haberme lavado hace años.

—No entiendo —digo por fin, ante su expresión invariable.

—No te preocupes —sacude la cabeza con una mezcla de tristeza e indignación—, si me pides un taxi, ya mismo me regreso.

En medio de mi desconcierto, me hace gracia que diga eso.

Mi madre siempre fue, antes que nada, una mujer dependiente. Necesitaba asistencia para todo y, aun asistida, la vida práctica le demandaba un esfuerzo desmesurado.

–No quiero molestar. –Sigue frotándose los brazos por encima del chal.

Salgo a la terraza a buscar la laptop. Encuentro a Ágata sobre el teclado tibio. Me siento en la mesa porque estoy mareada. Quiero agua. Acaricio a la gata y me doy cuenta de que los dedos me tiemblan. Miro el edificio hueco. Imagino que en esos cuadraditos empiezan a aparecer códigos que yo debo descifrar. Retiro a la gata de mi laptop y la pongo en el piso. Ella se aleja hacia la medianera de la terraza vecina, donde vive el matrimonio. Salta al otro lado y vuelve a perderse. Antes de entrar al departamento me convenzo de que está vacío. Se trata de una falla, pienso, una de esas pequeñas fisuras en la realidad por la que se cuela eso que después, por no tener más vocabulario, le terminamos dando el nombre de «delirio».

Abro la puerta corrediza, no hay nadie adentro. Tampoco está la caja. Respiro hondo tomada por una sensación de alivio tan grande que me da risa, pero no me río. Me siento drogada. No confío en mi propia percepción. Escucho un chorro de agua golpeando la pileta de la cocina. ¿Está lavando los platos? ¿Qué platos? No hay nada sucio. Mi madre lavaba muy mal los platos: en su mesada siempre había una pátina gruesa, capas geológicas de sebo.

Me asomo por la puerta de la cocina: en mi mesada se escurren trastos que no reconozco. El aire concentrado en la habitación pequeña se siente espeso y oloroso a sopa, a guiso de carne, a cilantro y ajo. No hay nada cocinándose en la hornalla, no hay ninguno de esos productos en la nevera. Su presencia me hace evocar esos olores. Sin atreverme a cruzar el umbral le pregunto:

—¿Tienes hambre?

Ella niega con la cabeza.

—¿Tienes sueño?

—Un poco.

—Te voy a preparar mi cama.

—No hace falta.

—Yo dormiré en el sillón.

—No, por favor.

—De todos modos, tengo que trabajar.

—Puedo dormir en cualquier rinconcito.

—Ya está.

—Ni siquiera tengo sueño.

Voy a la habitación. Abro la cama, saco las sábanas viejas y pongo nuevas; retiro lo que estorba alrededor: libros en la mesa de luz, hebillas para el pelo, una libreta, un lapicero, condones, una crema de árnica para pies cansados, chancletas. Meto todo en una bolsa de tela, la ato por las manijas y la guardo en la parte alta del clóset. Me muevo rápido pero certeramente, como recomponiendo la escena de un crimen. Luego entro al baño, saco una toalla limpia y la cuelgo en el perchero. A un costado de la ducha acomodo champú, jabón, el gorro de baño.

Mi madre se empeña en hacer arepas para cenar. Les pone queso y mantequilla y al final les echa unas hojas picadas de menta. Tomamos cerveza, dos cada una, y nadie habla, nadie pregunta nada. Supongo que por un rato puedo tolerarlo. Después acepta acostarse en mi cama. No me cuesta mucho convencerla: su orgullo es una carcasa frágil. Mientras se instala en la habitación voy a buscarle un libro en la biblioteca que está en la sala. Me cuesta elegir porque no recuerdo qué le gusta. Agarro *Una dama perdida,* pero temo que el solo título la predisponga. Lo dejo en su lugar. Me apena porque es un libro hermoso. Cuando vuelvo está arrodillada a un costado de la cama murmurando algún rezo. La dejo terminar, después le hablo:

—¿Necesitas algo?

—Los gatos traen enfermedades, nena —susurra.

—¿El qué?

—Vi que tienes un gato.

Le tiembla la voz, está nerviosa. Casi puedo oír la bandada de pájaros en su pecho. La frente le brilla de transpiración. Cuando todavía vivía con ella y nos quedábamos solas en una habitación, a mi madre le costaba hablarme. Me miraba raro y no decía nada. Yo no me sentía responsable de tener que generar ninguna charla: era la hija, era una niña. Así que nos quedábamos ahí quietas, estirando el silencio hasta que yo me aburría o me dormía, y ella aprovechaba para irse.

—Es una gata —contesto—, y no es mía, sino del edificio.

Salgo del cuarto. Paso por la cocina y abro la ventana para renovar el aire. Entro al lavadero para hacer lo mismo y me encuentro con la caja desarmada: sus partes apoyadas torpemente en las paredes. Bufo. Un trastorno, todo es un trastorno.

Salgo del departamento y del edificio, camino seis cuadras hasta el parque del barrio. Frondoso y agreste y lleno de crotos –así les llaman acá a los vagabundos–, en especial a la noche. Me siento en un banco y me pregunto a quién contarle todo esto. ¿A Marah? Hace un tiempo que no nos vemos. No puedo llamarla y tirarle algo así. Nuestro último encuentro fue ríspido. Habíamos quedado en un bar de tragos en el centro, cerca de su trabajo, pero yo llegué tarde y discutimos. Nos fuimos de boca, ya ni recuerdo por qué. Probablemente por la actitud de mierda que le aflora cada vez que yo empiezo a salir con alguien. Marah es posesiva y celosa. «Asume de una vez que eres torta», le dije. A ella le pareció un comentario propio de una cabeza deforme, apestada de categorías: «Sos una negra estrecha y binaria». Se nos hizo tarde para tomar el subte y compartimos un taxi que nos dejó en este mismo parque pero del otro lado. Tuvimos que atravesarlo corriendo, temiendo que nos asaltaran. Íbamos tan rápido que no veía más que los destellos del paisaje flotando en la oscuridad. Marah gritaba y yo me reía. Para ese momento el alcohol había mutado en una excitación infantil y desquiciada. Después me confesó que había puesto un ácido en el agua que tomamos en el taxi. Yo me la había tomado casi toda. Me sentó fatal. Después de esa noche, cada tanto me sangra la nariz.

Un viejo camina en mi dirección. Está sucio y raído. Me levanto para alejarme y el viejo grita: «¡Un pucho, dame un pucho!» Corro, salgo del parque y pego la vuelta al edificio. La luna está perdiendo sus contornos pero en el centro se mantiene blanca y brillante. Entro al edificio, me cruzo con mis vecinos de piso: el matrimonio. Tomamos juntos el ascensor. Nos saludamos con una inclinación de cabeza. Ese gesto anticuado, protocolario, confirma nuestra falta absoluta de afinidad. Me parecen pretenciosos e individualistas. No quiero ni pensar lo que yo les parezco a ellos.

—¿Vieron a la gata? —les pregunto.

—No —dice ella—. ¿Volvió?

—Sí, estuvo en mi terraza, pero luego se fue a la de ustedes.

Se miran, como preguntándose el uno al otro si han visto al animal.

—No la vimos —dice ella con el gesto preocupado.

—Quizá siguió de largo —contesto—, ya va a volver.

Salimos del ascensor, nos decimos buenas noches. Meto la llave en la cerradura de mi puerta.

—Olía muy bien eso que cocinabas hace un rato —escucho que dice él.

Los miro y asiento. Entro. Vuelvo a rogar que no haya nadie, que el universo se haya autocorregido durante mi paseo. Mi madre está en la cama, tal como la dejé, pero tapada hasta el cuello con mi frazada blanca.

¿Dónde está su equipaje?

Su respiración intoxicó la habitación con ese olor familiar a flores pasadas. El aliento de mi madre es el de la pasiflora, un agua homeopática para los nervios. La tomaba a borbotones, sin ninguna prescripción más que sus ganas de perder conciencia. «Peor sería el aguardiente», solía decir mi hermana, pero ambas suponíamos que ella era demasiado temerosa como para beber en serio.

¿Cuánto piensa quedarse?

Su cara dormida no revela ningún tormento. Pienso que ese manto apacible solo puede verse en el sueño, porque el sueño no nos pertenece. Hay algo más que lo controla. Algo externo y ajeno. Una fuerza *invisible, inaccesible, incomprensible, inmensa.* Ahí está la tara, otra vez. La sucesión de palabras cuasi siamesas que se me salen de la boca como escupitajos.

¿Trajo dinero?

Cierro la puerta. Me acuesto en el sillón mirando afuera y veo aparecer a Ágata en la terraza. Da unas zancadas veloces hasta quedar muy cerca de la puerta corrediza. Trae algo en la boca, no puedo distinguir qué es hasta que lo deja en el piso y se limpia el hocico con la lengua: una rata mediana a la que le hincó el diente y le brota sangre de la panza.

5

Me despierta el sonido de la ducha. Es lunes, y los lunes tengo que ir a una agencia de publicidad para la que hago algunos trabajos. Casi siempre me encargan escribir sobre alimentos: desde la información nutricional hasta la historia del producto, que suele ser la cristalización de un mito pomposo engendrado por los clientes. No puedo ir todos los días a la agencia porque tengo un contrato cuestionable y temen que, en un futuro, cuando junte ganas o desesperación, les clave un juicio. Así que voy a reuniones, me asignan trabajos y me despachan con palmaditas en el hombro, palabras de aliento, algún piropo que casi siempre bordea lo inapropiado y una bolsa con muestras gratis de cosas que no necesito. Por eso el cajón del baño está lleno de productos para el acné, diluyentes de tintura, maquillaje orgánico y Xanax. A mí me gusta ir porque me hace salir de mi casa, sacarme la pijama, bañarme y almorzar en un restaurante comida servida en un plato y no en la terraza, directo del tupper.

Me levanto del sillón y abro la persiana. Está nublado, va a ser un día frío.

La rata sigue afuera, tiene la sangre seca y los ojos bien abiertos, como asustados. Quiero sacarla antes de que la vea mi madre, así que voy a la cocina por una bolsa y me sorprende ver en la hornalla, a fuego bajo, una ollita pequeña y humeante con café de filtro. El olor me lleva a la casa de mi abuela; el café se hacía bien temprano en una ollita tiznada y se dejaba a fuego bajo para que no se enfriara. Lo mismo pasaba con la sartén donde se tostaba el pan y cuando íbamos a comerlo había que sacarle con un cuchillo la parte quemada.

Con mi hermana decíamos que el cáncer de Vicky se había generado ahí: en la ingesta diaria de esa costra negra, que nunca se iba del todo. Pobre. En su fase final, Vicky parecía un árbol seco. Sus brazos y piernas eran ramas raquíticas. Las venas eran líneas azules, sinuosas y chatas. No quedaba nada dentro de ella, era un hueso sin tuétano. Todo esto lo supe gracias a mi hermana, que, ajena a cualquier concepto de dignidad que pudiese merecer un cadáver, le tomó fotos y me las mandó. A mí me impactó no poder reconocerla: sus rasgos se habían hundido en el dolor físico. Todo en su cara revelaba sufrimiento. Estaba desnuda, su vello púbico sobresalía como una montaña espesa y negrísima que contrastaba con la palidez de su piel. ¿Por qué nadie la depiló?, quise preguntarle a mi hermana, pero no me atreví. Tampoco me habría escuchado. Nunca me lo dijo directamente pero yo estaba segura de lo que pensaba: cuidar a Vicky y verla morir era otra prueba de que ella era mucho mejor persona que yo. Ella sí estaba dispuesta a que el padecimiento de otro le causara inconvenientes. Un par de veces Ágata vomitó bolas enormes de pelos. Las dos veces pensé en Vicky muerta con ese arbusto decorando el centro de su cuerpo.

Escucho a mi madre abrir la puerta corrediza y me apresuro a agarrar una bolsa de basura. Cuando vuelvo ya no está la rata y ella barre la terraza con una bata amplia de algodón que trasluce su silueta abullonada. Tiene el pelo mojado.

–¿No tienes frío? –Me asomo y siento un golpe repentino de calor.

–¿Ya desayunaste? –me pregunta mientras junta un montoncito de polvo en la palita y lo tira por el balcón.

–No, no –le digo–, se van a quejar los vecinos.

Ella se sacude las manos en las ancas y entra rumbo a la cocina con una actitud resuelta que no le tenía registrada.

–Ve a bañarte y te preparo unos huevos.

–No hay huevos –murmuro.

El calor me sofoca. En el baño me desvisto, entro en la ducha y veo un calzón gigante colgado del grifo. Gotea. Lo saco, lo retuerzo, lo pongo en la mesada del lavamanos para después colgarlo en el tender, en la terraza. Siempre llevo mi ropa al lavadero. Tengo un tender pequeño guardado en el clóset que antes sacaba a la terraza para colgar la ropa interior; pero, desde que Ágata se instaló acá, la ropa interior me desaparece. Así que tomé por costumbre secarla en los radiadores, lo que le da al departamento un aspecto gitano que me avergüenza, incluso con mi madre. Decido volver a usar el tender mientras ella esté acá.

Me quedo un rato bajo el chorro de agua tibia.

Escucho el timbre de la puerta, ruego que mi madre no abra. Debe ser Máximo que viene a preguntar si pude abrir la caja. Me va a obligar a darle explicaciones que no tengo ni me apetece inventar. Vuelve a sonar. Cierro la ducha, me seco y salgo a la sala envuelta en la toalla.

–¿Mami?

No se la escucha. Me asomo en la mirilla de la puerta: es el vecino. Su mujer se llama Erika, no recuerdo el nombre de él.

–¿Sí?

Lo veo acercarse a la puerta para hablar, como si fuese un micrófono. Sus cejas son pelusas vaporosas, su piel es del tipo que se enrojece con el solo contacto visual. Rubio nervioso, propenso a urticarias. En Argentina debe existir un fenotipo con esa descripción.

–Hola, es que creo que apareció la gata.

–Ah, sí, qué bien.

–En realidad, no la vi todavía.

–¿Ah, no?

El diálogo a través de la puerta es estrafalario.

–¿Podés abrir un minuto?

–Discúlpame, estoy en toalla, tengo que irme a trabajar.

Se aparta de la puerta y puedo ver su cara roja mortificada, su camisa azul y su pelo escaso. La luz del pasillo no conoce la indulgencia. Está mirando una bolsa que trae en la mano con un gesto de asco.

–Mirá –dice–, es que apareció algo en mi terraza y mi mujer dice que vos lo tiraste. Es algo muy desagradable y...

Abro la puerta. El vecino se echa instintivamente hacia atrás y pide disculpas. Me asomo a la bolsa que se mece en su mano y un escalofrío me recorre el cuerpo. Sacudo la cabeza.

–No puede ser. –Me anudo mejor la toalla, el pasillo está helado y él está mudo. Intenta mirar para otro lado pero no me saca los ojos de encima, porque para un hombre (casi cualquier hombre) una vecina en toalla (casi cualquier vecina) debe ser parte de sus fantasías habituales.

–¿Todo bien? –Erika abre la puerta de su departamento. Es obvio que estuvo espiando desde la mirilla toda la conversación.

–Yo no tiré eso a tu terraza –le digo a ella, y el marido empieza a deshacerse en disculpas y a caminar hacia atrás con pasitos cortos y rápidos, un gesto arisco que me hace pensar en un tití. Erika me sigue mirando hasta que él llega a la puerta, da media vuelta y se escabulle. Ya estoy cerrando mi puerta cuando ella suelta:

–Yo te vi.

–¿Entonces? –Mi jefe toma mate. Se lo ve demasiado relajado. Quizá se fumó algo. O tuvo sexo esa mañana. Una vez me dijo: «Tratá de tener sexo los lunes, así llegás más relajada.»

56

Su nombre está escrito en un cartelito en el bolsillo de la camisa –«Eloy», mi jefe se llama Eloy–, aunque no es propiamente un cartelito sino una cinta de papel escrita con fibra que se pegan todos en el pecho cada vez que hay una reunión con clientes: así no pierden tiempo en presentaciones. No es el caso de hoy, pero al verlo entrar en la sala de reuniones la secretaria asumió que debía traerle la cinta y pegársela en la camisa con un par de palmaditas delicadas. También asumió que debía llevar una montaña de medialunas en una bandeja y colocarla justo en el medio de la mesa. Eloy y yo estamos en la sala de reuniones porque en su oficina hay un técnico instalando programas en la computadora. El lugar es demasiado grande para dos personas.

–¿Entonces qué? –contesto.

–Contame cómo vas.

–¿No quieres que vayamos a la cafetería? Esto es como hablar en un estadio.

–Cafetería –se ríe–. ¿Cuándo vas a aprender a hablar? Bar, se llama bar. –Estira el brazo y agarra una medialuna.

Hago un repaso en mi cabeza: digo cafetería, no bar. Pero digo vereda y no acera. Digo nevera, no heladera. Pero digo manteca y no mantequilla. Digo habichuela, no chaucha. Pero digo alcaucil y no alcachofa. Digo tú, nunca vos.

Eloy mastica su medialuna y señala la bandeja con el mentón:

–Están buenas, comete una.

Niego con la cabeza:

–Ya desayuné.

Huevos perico, pan de queso, café con leche, jugo de mora. Tengo todo guardado en el buche, como un pavo.

–Bueno –habla mientras mastica–, seguí.

Yo desvío los ojos a la ventana. Se ve el río.

Hace dos años que trabajo con Eloy, puede decirse que tenemos una relación de confianza. Sin embargo, sé muy pocas cosas de su vida personal. Para algunos en la agencia, Eloy tiene *issues*. ¿A saber? Prontuario secreto de maltratos, dicen: a nadie le consta, pero cuando se enoja parece un asesino. Absurdo, bajo la luz adecuada cualquiera parece un asesino. Y «un problemita con el alcohol», eso dicen también. No es que se emborrache en horas laborables o que haga papelones en los eventos, solo que a veces llega hinchado. Quizá retiene líquidos, dije cuando alguien me lo comentó con malicia. No, ellos, sus compañeros de todos los días, saben más: lo abordan o no lo abordan, según el grado de hinchazón que presente su cara a las mañanas. También le critican que, para las presentaciones con los clientes, se peine con gel: «Alguien tiene que avisarle que no es Don Draper.» Y así, dicen cosas a sus espaldas, ahogan risas a su paso, y él finge no darse cuenta. A mí me parece obvio que Eloy se siente menos. Está rodeado de jovencitos estetas, expertos en demostrar su superioridad, incluso –o sobre todo– frente a su jefe. Él vive acá hace años, pero nació y creció en el interior, en una de esas familias ricas, convencionales y rústicas que los porteños desprecian. Alguna vez uno de los creativos –flaco tatuado, aspecto andrógino– me contó que antes Eloy no se llamaba Eloy. ¿Y cómo se llamaba, entonces? «Se llamaba Horacio, pobre, ¿se te ocurre un nombre menos cool?» Su secretaria atribuye sus *issues* a su reciente divorcio: «El pobre no sabe qué hacer con el peso de sus cuernos.» En su oficina hay una foto de él y un niño en trajes de esquí. «¿Es tu hijo?», le pregunté un día. Él asintió: «Pero lo veo poco.» No entendí si verlo poco lo hacía menos hijo. O a él menos padre.

–¿Qué te pasa hoy? –dice, y termina de tragar–. Estás rara.

Imagino que si le cuento que mi madre está en casa, él también se va a preguntar cómo es que, después de tanto tiempo, sabe tan poco de mí. Claro que si llegase a proporcionarle esa información, no le daría la versión completa, solo se lo comentaría al pasar: «Mi madre está de visita», o, mejor, «Mi madre *cayó* de visita». Aun así, no me parece apropiado. Cuando las personas nos dan información personal en un contexto laboral empezamos a verlas como un recipiente al que hay que llenar con algo, con más información. Nunca es suficiente, siempre queremos saber más, nos volvemos insaciables: ¿tu madre?, ¿qué edad tiene?, ¿hasta cuándo se queda?, ¿se llevan bien? Mejor no tirar del hilo. Mejor no abrir esa puerta.

–Estoy pensando todavía –le digo–, no estoy tan segura de lo que quieren que escriba.

Eloy ya no parece tan relajado.

–¿Qué no te quedó claro?

–No quise decir eso, está todo claro. –Tengo calor.

–Okey. –Apoya las palmas de sus manos sobre la mesa, queriendo contener el descargo–. Tu trabajo es escribir una pequeñísima y simpática reseña sobre una vaca que es feliz porque vive libre y come pasto y muere plácida. ¿Para qué? Para que su carne sea óptima.

Asiento:

–Sí, entendí.

Yo solo quiero irme.

–Inspirate, disfrutá del proceso, es un lindo trabajo este.

Cuando pienso en mi vida en Buenos Aires lo hago en términos de elenco: personajes principales, personajes secundarios. Imagino a una persona que me conozca y trato de identificar cuáles son sus complejidades, sus pliegues morales. En general no estoy segura y se los atribuyo intuitivamente. Luego me pregunto cuál sería su testimonio en un juicio en mi contra. El crimen del que se me acusa no lo tengo claro, me pregunto si realmente importa el crimen, o si alguien sería capaz de defenderme más allá de lo que haga.

–Ok –digo.

En un juicio en mi contra, Eloy titubearía.

–Joya, pibita.

Cada tanto me llama «pibita». Yo supongo que es una combinación de paternalismo e irritación.

–... y si quisieras volver al potrero ese en el que guardan a la vaca –dice–, para verla o darle charla o lo que quieras, andá nomás. Ya conocés el camino.

–Listo.

–¿Ya empezaste?

–Sí.

–Genial.

–Genial.

–Listo. –Le da unas palmaditas a la mesa–. Lo espero para el viernes.

¿Viernes? Asiento.

–¿Cuánto te falta?

Me habla midiéndose, ya conozco el tono. Le da miedo presionarme y que yo abandone un trabajo que ya no podrá encargar a otro a tan corto plazo. Pasó una vez y no me enorgullece, pero a veces me ataca una sensación de hartazgo tan fuerte que se me hace imposible redactar una frase sobre cualquier cosa: frutas desecadas, un folleto de arte, el sentido de la vida. Lo mismo da. Todo choca con mi apatía repentina y se hace trizas. Aquella vez, después de incumplirle a Eloy con el trabajo que me había asignado –una redacción muy básica sobre una harina de maíz culli–, hablamos del tema en medio de un festejo de la agencia. Un cumpleaños, quizá. Intenté explicarle lo mejor que pude este defecto que yo sentía como una marca de nacimiento. Me cuidé de no ser autoindulgente pero tampoco me rasgué el estómago para entregarle mis tripas porque, por pedante que suene, yo me sentía con el derecho de no ser alguien de fiar. Estaba bien dejarlo claro, aun cuando iba en detrimento de mi futuro laboral: de ahora en más debes tener presente que darme un trabajo encierra la posibilidad de que lo abandone a mitad de camino. Algo así fue el planteo. Era lo más cerca que estaría en este negocio de tener un arrebato de dignidad.

«Conozco a pocas personas capaces de decir eso de sí mismas», me dijo ese día Eloy, con un vaso desechable en la mano que contenía un vino joven (es decir, agrio) que había mandado un cliente.

Es que no tenía sentido engañar a otros sobre algo que yo misma no me engañaba, le expliqué. Padecía el vicio de la introspección, o sea, que pensaba mucho sobre mí misma y sacaba un montón de conclusiones. O sea que me conocía bien y, en consecuencia, no me quería tanto como para gastar tiempo en defenderme: «La gente que tiene mucho amor propio es porque no se ha mirado suficiente», le dije. Era una noche de máximas.

Él me contestó que nunca sería exitosa, que lo había leído en un libro: la gente exitosa no era propensa a la introspección. La gente como yo, en cambio, que se pasaba mucho tiempo con sus propios pensamientos, que estaba poco conectada con el mundo concreto, no prosperaría en ninguna de las empresas que emprendiera por insignificantes que fueran. Y no solo eso, el libro también decía que no sería capaz de sobrevivir a ninguna peste.

Yo tomé vino joven de mi propio vaso desechable. Asentí, aunque lo del libro me parecía un disparate. Imaginé –como tantas otras veces que una conversación llegaba a un punto ciego– que estaba en un mar tibio sumergida hasta el cuello, dedicándole una sonrisa empática y agradable a los que estaban en la orilla, mientras por debajo del agua daba patadas violentas.

La fiesta se estaba vaciando y Eloy seguía largando frases fatigosas, retrasando la vuelta a su loft solitario. Lo visualicé abriendo la puerta de su casa para atravesar el umbral y adentrarse en un espacio con una presión atmosférica distinta a la de afuera: más aplastante y opresora. Eloy se sacaría el abrigo y los zapatos y arrastraría las medias hasta el bar que se había mandado a hacer —madera, vidrio, mucho led—, del que nos había mostrado fotos en una reunión de la oficina. Después se dejaría caer en el sillón y googlearía en su teléfono algo predecible como «tetas grandes», para luego aburrirse y entregarse a la ventana, a esperar el amanecer. «A veces siento que mis días son idénticos», me había dicho antes, con la lengua enrevesada. Y después citó un verso de un poema que sacó de una película de Netflix: «El sol sube y baja como una puta cansada, el clima inmóvil como un miembro roto mientras envejeces.» Y eso le pareció suficiente preámbulo para besarme, pero yo lo esquivé, y para evitar caerse apoyó las manos en mis hombros. Fue ahí cuando descubrí que Eloy era uno de esos hombres sin peso. Un misterio de la física: tenía huesos, tenía carne, y una estatura media, pero sacármelo de encima fue como empujar un muñeco de papel. Pidió disculpas. Le dije: «Tranquilo, no pasó nada.» Y así fue. Nunca más se habló del tema. No había tema.

Lo que sí sucedió fue que, en adelante, advertido de mi imprevisibilidad, Eloy se encargó de perseguirme con cada encargo como si en lugar de mi jefe fuera mi acompañante terapéutico. Cuando hablaba de mí a un cliente o a un compañero, Eloy enunciaba virtudes por la boca, pero sus ojos se inundaban de alarma: mucho cuidado, la redactora es buena, pero está loquita.

–Entonces –insiste Eloy–, ¿cuánto te falta?
Miro la ventana:
–Poco –contesto.

6

Está por caer la tarde, Axel me llama. Dice que consiguió un pescado impresionante en el barrio chino y que quiere hacer un ceviche.

–¿Tenés hielo?

Voy hasta la cocina, abro el freezer.

Me pregunto cómo puedo hablarle de mi madre.

–No tengo.

Abro la nevera: como nunca, explota de comida.

No puedo hablarle de mi madre.

–Compro, entonces. Necesito mantener a esta criatura en condiciones, y no está tan claro que tu heladera funcione bien.

Para hablarle de mi madre tendría que remontarme al origen de los tiempos: el caos, la oscuridad, la ausencia de lenguaje y de sentido.

–Ya. –Vuelvo al sillón con el teléfono y me siento.

¿Cómo se habla sin lenguaje?

Afuera, en la terraza, mi madre plancha. Tiene puesto un pantalón negro y una camisa de flores que le queda muy ajustada en la espalda. En la cabeza se ató una pañoleta que me la recuerda de joven, con los rulos negrísimos y alborotados escapándose por los costados. Ahora tiene el pelo alisado y teñido de un color entre marrón y rojizo, como el de una ardilla. En el clima de allá, hay que saber mezclar las tinturas. El peligro es el sol, que obra sobre los químicos con el ensañamiento de un castigo: al rubio lo vuelve verde, al caoba rojo, al negro azul.

—... es que nunca hay más que agua tibia y manteca derretida. —Axel sigue hablando de mi nevera. Le da placer denigrar mis electrodomésticos, dice que son caros y tontos. Y que tengo demasiados. Es cierto. También es cierto que los uso poco y nada. A mí eso no me perturba, para mí son promesas, ¿quién no necesita promesas?

—¿Sabes qué? —le digo—, hoy no puedo.

—¿No puedes qué?

—Tengo que trabajar.

Se queda callado. Debe ser la primera vez que le freno un plan. Llevamos poco tiempo juntos, pero está claro que es él quien marca la agenda más operativa: qué hacemos, cuándo, dónde dormimos, qué comemos. Se lo ve seguro en ese rol. Para mí es un alivio. Odio planear, odio ejecutar, y odio la conciencia de que nunca estaré a la altura de mi propia expectativa: todos los planes que recuerdo haber ideado para impresionar a una pareja han fallado desde su mismísima concepción. Me alivia también que Axel haya detectado tan rápido mi falta de habilidad en este sentido, porque eso aniquiló cualquier tentativa de simulación. Así que cuando Axel cocina yo hago el acompañamiento: preparo un trago, elijo la música y el tema de conversación. Ya tengo testeados qué asuntos se nos dan mejor y cuáles resultan menos convocantes. Hasta ahora, con Axel, lo más eficiente es dar con ese lugar en el que se acopla nuestra desesperanza. A Axel lo agobian las expresiones de optimismo, así como la espesura y la decepción agobia a otras personas. A mí me pasa algo parecido, pero con más convicción porque estoy sola. No tengo que fingir ante nadie que, en el fondo, deseo que el mundo me complazca. Los minutos entregados cada quince días a la llamada con mi hermana son mi única concesión: le hago creer, por insólito que le parezca, que esta vida silenciosa y gris es mi paraíso personal. Que no espero más nada. Algunos días eso es cierto. Los días con Axel, por ejemplo. Me emocionan nuestros rituales cotidianos. Compartir lo caprichoso y lo específico: compré pescado, te hago un ceviche, preparo un trago, sirvo aceitunas, ¿te gusta esta canción? Cuando el foco está puesto en eso, no es que el mundo mejore repentinamente, claro que no, pero se vuelve más abarcable.

–¿Estás ahí? –le pregunto.

–Sí, entonces –duda–, ¿nos vemos otro día?

Lo imagino en una esquina del barrio chino, con la bolsa de pescado goteando muy cerca de sus zapatos y una pequeña fisura en la autoconfianza.

–Dale.

–Si quieres.

–Sí, quiero.

–Okey.

Y en ese sencillo acto nuestra historia romántica se tiñe de algo denso e inexplicable. Se complejiza. De esa fisura va a brotar algo que todavía no conocemos. La visión hasta ahora compartida de que es mejor pasar el tiempo juntos que solos acaba de enturbiarse. Como cuando dos niños dejan de creer en una fantasía común –algo que era tan real para ellos como invisible para el resto–. Hay uno que se aviva primero y entera al otro, y por supuesto que lo hiere, pero no es su culpa. Mi amiga Marah habría opinado que era más simple decirle la verdad. ¿Cuál verdad? La única posible: mi casa está tomada, acá no cabe más nadie ahora mismo. Está ella, la que plancha en la terraza, y estoy yo, la que la mira desde adentro; y está ese lazo invisible que a veces parece un invento, a veces un abrazo tibio, a veces una camisa de fuerza.

En la ciudad nunca es de noche, esa debe ser la diferencia central con el campo o el mar o el desierto. Paisajes de horizonte abierto.

–Nunca apagan las luces, ¿cierto? –Mi madre también lo detecta.

–Cierto.

Estamos sentadas en la terraza tomando un té de tilo, bañadas por las sombras del plátano. Se llaman plátanos, le expliqué antes, pero no son como los nuestros; son otros que no dan bananas ni dan nada, salvo la angustia de verlos deshojarse sin pausa ni descanso. Cenamos una carne desmechada con yuca frita que no tengo idea de dónde salió. Cuando le pregunté me dijo: «Lo traje conmigo.» «¿Ah, sí?» «Obvio.»

El calor no se va. Es un otoño extraño, hay tanta humedad que el pelo se me pega al cráneo como si me lo hubiese untado con aceite. La brisa no alcanza para aliviar el malestar. Mi madre, sin embargo, luce rozagante: no transpira, lo cual es extrañísimo para quien toda la vida había sufrido una suerte de hiperhidrosis no diagnosticada.

–¿No tienes calor? –le pregunto.

Niega con la cabeza.

Sus ojos están fijos en el esqueleto del edificio en obra. A mí me pasa lo mismo algunas noches: la estructura, iluminada desde los contornos por unos faroles potentes, parece una obra de arte. Me pregunto si mi madre no querrá dar una vuelta, caigo en cuenta de que no ha salido del departamento desde que llegó, hace dos días. Estuvo, sin embargo, hablando de atracciones turísticas. Que dónde era que bailaban tango –odio el tango–, que cuándo podría visitar «el monumental y el gallinero» –el futbol hace que me duela la cabeza, y a ella nunca la vi mirar un partido de nada–, que si podía pedir unos días en el trabajo para ir al sur a ver el derrumbe del glaciar Perito Moreno. Le expliqué que no era algo que sucediera cuando a uno le apetecía ir a verlo, que no había un botón para detonarlo, sucedía una vez cada cuatro años, o cada dos, según el clima. Entre dos y cuatro años, eso había escuchado. «¿Y cuándo fue la última vez?», preguntó. No tenía idea. Y que de pronto teníamos suerte y nos tocaba, dijo. Me entró fastidio. Dejé de contestarle, simulé concentración en la pantalla de la computadora. Nunca viajé por Argentina, supongo que nunca me interesó, porque nunca tampoco se me ocurrió. Vivir acá es un accidente, bien podría ser cualquier otro lugar. La geografía me marca la dirección postal para las encomiendas de mi hermana y no mucho más. El resto –facturas, correspondencia, trabajos– me llega al mail. Mi único superpoder, le había dicho una vez a Axel, es sentirme capaz de hacer lo que hago en cualquier monoambiente del planeta con un wifi decente. Me había mudado muchas veces, sin grandes trastornos. El secreto era vivir con lo mínimo indispensable, evitar asentarse. Axel me apretó contra su cuerpo: «Guau», dijo, «de acá para allá como una mariposa monarca.»

El caso es que mi madre había mencionado esas cosas, pero cuando le dije «vamos a pasear», agarró un plumero y cambió de tema. Y acá seguimos encerradas, presas de perplejidad. ¿No era medio claustrofóbica ella? Lo era. Una vez paró el auto en la avenida Santander, hora pico, y corrió hasta el malecón buscando aire. Mi hermana y yo quedamos atrapadas, soplando globos enormes de chicle fucsia. De los otros autos nos gritaban cosas. Después de unas bocanadas desesperadas mi madre se dio vuelta y gritó: «¡Malparidos! ¿No ven que me ahogo?»

–¿A qué viniste? –le digo.

Ella no contesta. Cuando se ofende, enmudece.

–¿Quieres salir a dar un paseo? –insisto.

–No vine a pasear.

Es más rencorosa que claustrofóbica.

–No importa –digo–, vamos.

Me levanto de la silla, ella me sigue. Adentro agarro el chal que le presté el primer día y le envuelvo el cuello. Salimos. Las dos primeras cuadras las hacemos en silencio. Ella mira todo como si tuviera que preparar un informe y no quisiera perder detalle. Ignoro qué tipo de cosas le dan curiosidad a mi madre. Ignoro casi todo sobre mi madre después de mis ocho, nueve años: la época en que mi hermana se negó a seguir yendo a la casa de la playa. Del resto de mi infancia recuerdo poco y difuso. Estaba mi abuela y estaba mi tía Victoria, siempre ocupadas con algo. Era asombroso lo ocupadas que vivían, nunca se sentaban y nunca se acostaban, salvo a la noche, para dormir. Si un día una daga les atravesaba el corazón, ellas iban a seguir moviéndose –poniendo la mesa, recogiendo los platos, trapeando el patio– hasta desangrarse. Estaban mis tíos, que eran muchos, y pululaban por la casa de mi abuela pidiendo cosas: la comida, el periódico, el café con leche, los zapatos embetunados, la botella de ron, una radio chiquita de la que salían unos alaridos embrutecedores. Y después estaba esa sombra de fatalidad flotando siempre sobre nosotras. Supongo que en algún momento borré mis memorias para hacer lugar en la cabeza y sumar nuevas. Como cuando uno necesita más estantes en el clóset y tira la ropa vieja, aunque esté en buen estado. Total, que esta señora es mi madre, pero yo no recuerdo la sensación de ser su hija. Y ese hueco en la sensibilidad no se parece al que dejan las canciones

71

olvidadas –esas vuelven de la nada una tarde melancólica, enteras y vigorosas–. No sé bien a que se parece esta sensación, pero cada tanto, para explicármela, se me atraviesa un holograma de mí misma que me muestra un vestido que no reconozco, que no me parece ni lindo ni feo, aunque no lo habría elegido para mí. El holograma me dice: «Este vestido te encantaba, pagaste una fortuna por él, te sentiste una modelo cada vez que te lo pusiste.» Y yo, después de analizarlo cuidadosamente y constatar su inocuidad, contesto: «¿Ese vestido?»

Llegamos al parque, no es un buen horario para sentarse en un banco. Quizá no hay un buen horario para sentarse en un banco de este parque ni de ningún otro. Máximo dice que la ciudad está invadida por gente sin casa, con sus colchones en las veredas. «Zombies», les llama, y cuando encuentra uno durmiendo afuera del edificio le tira agua con lejía y se esconde. A veces encuentra familias enteras y también las baña.

–Está medio feo por acá –dice mi madre, y otra vez se frota los brazos. Me parece que tampoco le conozco ese tic.

Reviso el entorno: una mujer obesa y un niño mínimo hurgando en la basura.

–No pasa nada –digo.

–¿Es un buen barrio este?

Ni me molesto en contestarle. Hay una distancia extensa entre su idea de un buen barrio y la mía. La expresión «buen barrio», pienso, me resulta completamente ajena.

72

—¿Cómo está la casa? —le pregunto, pero ella se encima y me habla de flores. Que debería tener plantas en mi terraza, que las flores son buena compañía.

—No sé cuidar nada —digo.

—Hay unas flores que se llaman pensamientos —sigue—, son lindas, fáciles, vistosas.

—¿Sigues en la casa? —insisto.

—Casa —bufa—, eso no es una casa sino un tormento. Todos los días pasa algo: se daña la bomba, se seca el pozo, invaden las polillas, invaden los mosquitos, un cerdo se ahoga no se sabe cómo, la mula se parte una pata y toca sacrificarla de un tiro. Y así.

—Ya.

—El otro día encontraron a un anciano muerto en el lote de al lado. Yo ni sabía que había alguien en el lote de al lado. No sé qué rodea esa casa, no sé lo que hay afuera porque a duras penas sé lo que hay adentro.

—Afuera no hay nada.

—Es como si flotara.

Vi la casa suspendida en una nube: nunca más parecida a mi recuerdo.

—Y nadie me ve. Entra y sale gente y no me ven.

—¿Quién entra y sale?

—Debe ser porque estoy vieja y a los viejos nadie los ve salvo que hagan cosas muy raras.

—¿Como qué?

—Yo no hago nada. Solo estoy ahí quieta, oyendo esos sonidos que me llegan de otros lados, no sé bien de dónde.

—¿Sonidos? —Pienso en el rugido del mar. En mi caso nunca se fue. Algunas noches sueño que las olas toman la forma de un león que se come la casa, el lote, las plantas, los animales, el jeep, las carretillas y todo lo que encuentra entre la playa y la ruta.

—No sé. A veces me llega la cascada de fichas de dominó pegando contra la mesa, y los gritos de esos negros que andan por ahí sin nada que querer.

Se acerca el mismo hombre del otro día. Se me tensa el cuerpo.

—¡Un pucho! —grita.

Mi madre se levanta asustada y camina en sentido contrario.

—¡Un pucho, guacha! —grita el viejo, y ella intenta avanzar más rápido, pero los pies se le enredan y se cae de cara contra el pavimento: la nariz destrozada.

Me abalanzo sobre ella, la levanto y busco un banco para sentarla. No llora, no se queja, pero de la nariz le sale un chorro de sangre que no sé cómo detener. El tipo sigue de largo, susurra cosas que no entiendo.

—Loco de mierda —digo en voz baja.

Uso el chal para limpiarla. Presiono la tela contra la nariz para detener la sangre, pero en lugar de eso se la esparzo, la embadurno. Su cara queda oscura, húmeda y brillante. Solo distingo el iris marrón en el medio del blanco amarillento. La miro fijo esperando a que reaccione. Se levanta del banco y camina mientras se enjuga la cara.

—¿Estás bien? —La sigo.

—Vamos, vamos. —Avanza acelerada, como si la estuviesen persiguiendo.

La tomo por un brazo, está helada. La guío hasta el edificio. Ruego no encontrarme con nadie y no me encuentro con nadie. Arriba la curo con yodo y le pongo una gasa en el tabique que está hinchado alrededor de la raspadura. Ya no parece tan grave, la sangre me asusta.

Se mete en el baño.

Sumerjo el chal ensangrentado en la pileta de la cocina con agua y jabón. Se forma una espuma marrón que me asquea y corro al lavadero. Me llevo por delante los paneles de la caja desarmada, me rayo los brazos forcejeando para entrar en el espacio que queda entre la bacha de lavar y la pared en la que se apoyan los paneles. Vomito. Abro el grifo, me limpio y salgo a la sala. Me siento en el sillón a esperarla. Prendo la lámpara de piso con el pie, pero no enciende: está rota, se me olvida. Llevo años haciendo lo mismo cuando oscurece: entrar a la sala, sentarme en el sillón, pisar el botón de encendido de la lámpara que es redondo y grande y dorado y que, cuando levanto el pie, hace un sonido parecido al chasquido de la lengua contra el paladar. No me gusta la bombilla del techo, prefiero quedarme a oscuras. Las luces de la calle entran por la ventana.

Con qué rapidez se hace pedazos la cáscara de una rutina.

Cualquier rutina, por sólida que sea, es arrasada por lo imprevisto.

Es extraño haber perdido ese momento de encender la lámpara con el pie y es extraño que sea tan difícil recuperarlo. Durante varios días me va a quedar la inercia de pisar el botón de encendido para descubrir, otra vez, que la lámpara no funciona. Y cada vez que lo haga voy a decirme: «Tengo que ir a la ferretería a comprar una nueva bombilla», pero no lo haré. La repetición de ese fallido será mi nueva rutina.

Afuera la luna todavía brilla, de ayer a hoy se hizo más chica.

Menguante, estamos en luna menguante, aunque eso no significa nada para mí.

Mi madre se tarda. Quiero que salga y no quiero que salga.

Tengo la sensación de que cada segundo que pasa me acerca más a algo de lo que no quiero estar cerca. Y no es ella, no propiamente, es eso con lo que viene. ¿Con qué viene? Aparte de comida pesada y data turística vulgar, ¿qué más trae?

El viento agita la ventana, se escucha un chirrido.

Fantasmas arañando el vidrio.

Me levanto y toco la puerta del baño:

—¿Estás bien?

—Ya voy.

Cuando sale parece otra persona. Se lavó la cara, se peinó y se puso un batón amplio, estampado con patillas. La herida ya no está cubierta con mi vendaje torpe, sino con una curita muy pequeña de las que guardo en el botiquín. La delicadeza del trabajo, tan impropio de sus manos nerviosas, me desconcierta. Abre el clóset y saca un frasco grande de pasiflora, me pide una cuchara. Voy por ella a la cocina y, cuando regreso, la encuentro en la cama lista para dormir. Se hizo un empinzado. La toca, se llama: un casco de pelo agarrado con barritas plateadas, como tornillos que impiden que se le abra la cabeza. Arriba se amarra un pañuelo rojo. Se incorpora para tomarse cuatro cucharadas de pasiflora. Con la última dice algo que no alcanzo a entender.

–¿Qué dices?

–Que vine para decirte algo –contesta con la voz rasposa–, pero no sé por dónde empezar.

Recuesta la cabeza en la almohada. Le apago la lámpara de la mesita. Antes de salir, abro el clóset con cuidado y agarro una camiseta. Cierro la puerta. Escucho el timbre del portero eléctrico.

–¿Sí?

Es Máximo, había salido a tirar la basura y vio gotas de sangre fresca en el hall. Que si estoy bien, pregunta, que el ascensor estaba en el siete y Erika y Tomás habían salido, o sea que solo quedaba yo, o sea que la sangre debía ser mía. Que si estoy bien, insiste. Me molesta mucho el llamado. El límite entre la preocupación y la intromisión nunca está claro en la generalidad de las personas, pero en los porteros no existe.

–Sí, estoy bien, no sé de qué sangre habla, no he salido de mi casa.

Corto antes de que pueda contestarme. Me quito la ropa y me pongo la camiseta. Voy por mi computadora y me recuesto en el sillón. Busco fotos de Idris Elba, otra forma de evadirme. Pero entonces veo a Ágata en la terraza y salgo a recibirla. La alzo, la abrazo, le acaricio la panza mientras ronronea.

–Basta de ir y venir como un espanto –le digo.

El teléfono, ahora suena el teléfono.

Vuelvo al sillón, Ágata se acurruca a mi lado. Es Axel, quiere saber qué cené.

–Agua tibia –le digo.

Se ríe. Le pregunto por el pescado.

–Lo tiré en un tacho de basura: fue una fiesta para los gatos de la cuadra.

Por debajo del pelo, la barriga de Ágata se siente fría y turgente.

Suspiro, no digo nada. Axel tampoco. Se siente raro que, por esa noche, esté tan fuera de mi alcance.

–¿Y tú qué cenaste? –Se me ocurre que pizza y le pregunto–: ¿Pizza?

–Pizza –dice.

Me sonrío sola. Me digo que lo conozco desde siempre. Que no hay nada que no sepa de él y que él no sepa de mí. Que la historia de nuestra relación ya está escrita en algún lado, en un cuaderno, y por lo tanto será una historia silenciada hasta que alguien abra el cuaderno y la cuente en voz alta. Pero ¿quién querría hacer eso? Yo no. Lo que yo querría es descubrir el final sin tener que atravesar el arco, o sea lo que está en el medio. Sin cortar el teléfono abro mi archivo de notas en la laptop y escribo: «Todo lo que se cuenta, se daña.»

–¿Pudiste avanzar con tu trabajo? –pregunta Axel. En el fondo de su voz percibo una pizca de desconfianza.

–No.

–Qué mal.

–Pero pasó algo bueno.

–¿Ah, sí? ¿Qué?

–Volvió Ágata.

–¿Quién es Ágata?

7

El día que Eloy me comunicó el último encargo dijo: «Composición tema... cuac.» Y soltó risas sonoras. No entendí el chiste, porque era un chiste argentino. No importa cuántos años lleves en un lugar, no importa cuánto se haya modificado tu acento o tu vocabulario: si no entiendes los chistes, no hablas el idioma, no entras en código, no formas parte. Peor es la etapa siguiente, cuando entiendes los chistes por fuerza de la repetición, o por un ejercicio de deducción elemental, pero no te dan risa. En una habitación sobrepoblada de carcajadas, eres la única que traga en seco.

Así fue, tal cual, el día del encargo. Nos juntamos en la oficina de Eloy, estaba el chico de marketing, el director de arte y yo. Todos con nuestros nombres de pila escritos en la cinta pegada en el pecho. Íbamos a conocer al director creativo que los clientes querían para la campaña: un fotógrafo que también hacía documentales y que estaba en las antípodas de la publicidad, explicó Eloy. Era improbable que aceptara el trabajo. Eloy no ocultaba su desprecio hacia el tipo. Cuando entré esa mañana a su oficina les estaba diciendo a los otros: «Acá nadie le va a rogar, ¿quién se cree que es? ¿A quién le ganó?» Pero, no bien apareció, se levantó de su escritorio y lo abrazó como se abraza a un amigo entrañable la noche de Año Nuevo. Luego lo presentó a todos con una pequeña reverencia: «Acá está, muchachos, Axel Haider, un talento.»

Diez días después Axel me invitó a salir y me dijo que había soportado la tortura de esa reunión solo por mí. La primera vez que me miró fue porque me veía algo ridícula con esa cinta que me atravesaba de hombro a hombro, como una costura que me mantenía erguida y evitaba mi desmoronamiento. Mi nombre era muy largo. El suyo, muy corto. Su cinta apenas ocupaba una fracción del bolsillo en el que llevaba una libreta y un lapicero. La segunda vez que me miró fue porque le hizo gracia que no hubiese entendido el chiste de la vaca. Y, de ahí en más, me dijo, ya no le interesó mirar otra cosa. «¿Y por qué fuiste a la reunión?», le pregunté. Me dijo que siempre le daba un poco de gusto entrar a lugares que no habría elegido, solo para constatar que seguía no eligiéndolos. Yo pensé: Se siente superior, pero también es inseguro. Si no, no se molestaría en perder una mañana en una reunión inútil. Ambas cosas las confirmé con el paso de los días, pero no me molestaron, solo me generó más curiosidad. Rechazar ese trabajo era rechazar mucho dinero. Axel no era rico: el encargo de Eloy lo habría mantenido a flote algún tiempo. Se lo dije, me contestó que esa era una gran mentira. ¿Cuál? La de vender tu tiempo para comprarte tiempo, dijo, esa era una ecuación imposible: «El tiempo es un riñón, si se gasta no se regenera.»

De eso pasaron casi tres meses, pero ahora, sentada en la terraza con mi madre –otra vez acá, como una nueva vieja costumbre–, el pasado inmediato se siente remoto. Me parece que todo eso le pasó a alguien más en otra época. Esta mañana, la cara de mi madre es la de un boxeador, amaneció más hinchada. El golpe se tomó la noche para decidir su color: morado oscuro en el núcleo, verde en el contorno. No le duele, dice, aunque aceptó tomarse dos analgésicos porque insistí. Desayunamos afuera, luego ella barrió y trapeó (está empeñada en hacer esas cosas) y después se obsesionó con mis uñas: «Te mordió los dedos un caníbal, mija.» Apareció con un estuche que yo había perdido de vista. Uno de esos neceseres de tela blanda y floreada, con múltiples bolsillos. Adentro había cortaúñas, alicate, lima, crema de cutículas y el pintaúñas azul oscuro que usé durante casi toda mi adolescencia. Se trajo un bol con agua tibia y se sentó a mi lado a hacerme la «manicura». Así lo dijo y me sonó extrañísimo. Allá, en su tierra –que es también la mía–, se dice «hacer las manos», o «hacer las uñas». Como si fuera una cosa mágica o esotérica. No tienes manos ni uñas hasta que alguien viene y te las hace. Mi madre no es muy diestra, me hizo doler y me hizo sangrar. Pero no la detuve, me conmovieron sus buenas intenciones. El pintaúñas estaba seco y le puso un chorrito de diluyente. Me pintó con paciencia. El resultado fue una cosa grotesca: mis uñas escasas quedaron sumergidas en charcos de pintura oscura. Extendí los brazos hacia adelante, estiré las manos para verlas bien. Cada dedo parecía coronado por un insecto. «¿Cómo quedaron?», preguntó. «Divinas», contesté.

Cuando terminó fue a preparar dos aromáticas y yo aproveché para buscar mi laptop. Volvió a la terraza con dos pocillos humeantes y me preguntó qué era eso que estaba escribiendo. Entonces le conté lo del encargo de la agencia, pero me dio la impresión de que no entendió de qué le hablaba. La primera vez que le conté a mi hermana acerca de mi trabajo tampoco lo entendió, pero lo consideró importante: «Si tú no existieras, jamás sabría que las etiquetas de las latas están plagadas de mentiras.» Todo porque le dije que me habían encargado escribir maravillas sobre unas lentejas insulsas y, en mi opinión, bastante tóxicas.

–¿Y te gusta? –pregunta mi madre, refiriéndose, supongo, al trabajo del que le acabo de hablar. Alzo los hombros:

–Me pagan bien y me sale bien, sin mucho esfuerzo.

Y sin contrato, sin seguridad social, sin transparencia.

Ella asiente y mira su taza.

–Pero no es eso lo que quiero hacer –digo–, yo quiero escribir otras cosas.

–¿Qué cosas?

—Una novela, creo.

Mi madre sorbe su aromática, vuelve a asentir.

Yo me veo a mí misma como una actriz secundaria que pasó los treinta años y todavía no tuvo un papel relevante, así que combate su inseguridad anunciando que leyó filósofos.

—A mí también me gustaba escribir —dice.

—¿En serio?

—Sí, en una época escribía un diario. Era muy pequeñito, forrado en cuero, y venía con su llave —se ríe.

—¿Y lo tienes todavía?

—Qué va, fue hace siglos.

—¿Lo perdiste? —Yo misma me sorprendo de mi tono indignado. Perdió cosas más grandes que un diario: un marido, dos hijas, una casa, quizá.

—No sé —entrecierra los ojos como si lo estuviese buscando el estante invisible donde lo puso por última vez. Después sacude la cabeza.

—¿Alguien lo leyó? —pregunto.

Vuelve a reírse.

—¡Espero que no!

Un diario me parece lo opuesto a un hijo: un depositario de secretos. Un escondite. En un diario uno puede guardar lo indecible y encerrarlo con llave. Poner a salvo las versiones oscuras del mundo. A menos que sea un diario enfermo de preguntas y miedos y frases inconclusas. En ese caso, sería exactamente lo mismo que un hijo.

Mi madre se levanta de la mesa, se asoma al balcón y yo la sigo.

Me acuerdo del patio de la casa lleno de árboles,

de una mesa a la sombra llena de hombres, fichas y vasitos de ron servidos a su diestra. Y la ensalada de mango verde con sal y limón para pasar los tragos. La ensalada la preparaba mi tía mientras nos instruía a mi hermana y a mí sobre cómo debíamos cortar las tajadas, disponerlas en el plato, condimentar. La cantidad de sal que le ponía parecía un plan para obstruirle las arterias a todos esos hombres de bermudas floreadas a los que atendíamos como faraones –o minusválidos–. Mis tíos, sus amigos, los amigos de sus amigos. Cada vez que nos acercábamos a la mesa para llevarles algo, nos traíamos migajas de su conversación, que recuerdo pobre y floja de chistes, pero generosa en carcajadas. Y en peleas: al final de la jornada siempre había gritos y mi tía debía pedirle a Eusebio que le ayudara a calmar a los señores. Él lo hacía, la amenaza de golpes se hacía un murmullo enrevesado que se iba apagando hasta que la tarde se llenaba de mosquitos y luciérnagas y ojos varicosos. Lo revelador de este recuerdo es que me parece ver a mi mamá sentada aparte, alejada del resto: escribiendo algo en una libreta o un cuaderno o, ahora pienso, su diario. Pero puede que no sea un recuerdo sino una fantasía. A veces cuesta distinguir.

Veo a una persona en el departamento de la pareja y el bebé. Un vecino que fue a regar las plantas, pienso. Espero a que vuelva a aparecer, pero no sucede. Será una sombra, entonces, un reflejo. Todo sigue quieto. Quizá está escondido, observándonos, tomando notas en la libreta imantada que la pareja usa para hacer la lista de las compras: dos mujeres acodadas en un balcón en aparente actitud contemplativa. Ninguna abre la boca, aunque es obvio que se hablan en silencio, que no es lo mismo que hablarse a sí mismas. La conversación en sus cabezas incluye a la otra y es fluida, pero carece de interlocución y por lo tanto de respuestas.

–¿Y qué escribías en el diario?

–Bobadas.

–Me habría gustado leerlo.

–Puras bobadas, eran.

Hay una versión de mi madre –¿y por lo tanto de mí?– en un libro perdido. Me parece injusto no poder conocerla. Me siento estafada. Me pregunto quién era mi madre cuando escribía su diario. Quién era mi madre antes de ser mi madre. ¿Y después? Me consuelo diciéndome que la verdad sobre las personas tiene poco que ver con lo que escriben sobre sí mismas. Aunque mucha gente cree que al escribir uno se desnuda, yo sé que en realidad uno se disfraza. Se pone otras caras, se vuelve a hacer de un modo en el que se mezclan la culpa, la frustración y el deseo, y el resultado es un personaje perfectamente despojado y honesto. Y eso no tiene ninguna solidez real. Una construcción así solo es posible dibujarla en papel.

Mi madre dice que va por «un dulcecito». Yo me quedo en el balcón y veo llegar en un taxi a mi vecina la enfermera. Susan, me parece que se llama. Está también León, todo vestido de fútbol. Su madre paga el taxi, agarra al niño de la mano y se encamina al edificio a paso rápido, lo que hace que León vaya casi arrastrado. Antes de llegar a la puerta, el niño pasa por el costado de un montoncito de hojas secas que Máximo debió haber juntado esa mañana: lo patea y las hojas se desparraman. Está enojado con la mamá. ¿Por qué? Por algo así: él quería comprarse un chocolate después del entrenamiento y ella le dijo que el chocolate daba caries y que, además, no tenía plata; a lo que el niño bufó o soltó una mala palabra que ella reprimió agarrándole la cara como una vez vi que lo hacía: usando el dedo gordo y el del medio para hundirle los cachetes haciendo que se le formara una especie de trompa que agudizaba su expresión de enojo y debía atizar también la de ella, porque esa vez, la vez que la vi hacer eso en el hall del edificio, lo miró con furia y le dijo: «Así como te hice te rompo.»

Mi madre lleva toda la tarde metida en la cocina, preparando unas viandas para la semana. Yo, en la mesa de la terraza, avancé un poco con el encargo de la agencia. Pero rápidamente me condoné y abrí el archivo de la beca. Sigue crudo. Sigo tonta.

Entro a la casa, quiero agua, o té. Una galleta, quizá.

Me asomo a la cocina y encuentro el espacio transformado. Otra vez hay platos que no conozco, repasadores con dibujos de frutas, un florero con margaritas amarillas, vapores de caldos que emergen de unas ollitas doradas que vibran en las hornallas de hierro de la cocina. Las ollitas producen un tintineo parecido a las risas de los niños en los cuentos de terror, o al cascabel de una culebra, o a los cencerros de un rebaño enloquecido.

Hay algo de hostilidad en el cuartito de la cocina: como si no le gustara que lo estuvieran manoseando. En verdad, hay algo de hostilidad en toda la casa, que ha sido forzada a transformarse en una criatura desconocida. No reconozco las cosas y, peor, siento que las cosas no me reconocen. Cada vez que salgo –a la verdulería, al kiosco, a tirar la basura–, encuentro a mi regreso algo que me descoloca: tacitas de barro alineadas en la biblioteca, flores plásticas en la mesa de luz, una Virgen del Carmen con la nariz astillada, imanes de negritas en la nevera con vestidos que brillan en la oscuridad y sahumerios encendidos en un rincón –el tallo de metal, a falta de base, está enterrado en una rodaja de papa–, largando un olor que me noquea y me aplasta en el sillón en una siesta incomprensible.

El uso que mi madre hace del espacio me aturde, pero no alcanza a enfurecerme. La molestia está atravesada por un repentino sentimiento de compasión que me impide ir por la escoba y destrozarlo todo.

Aquella vez que visité a mi hermana, al ver el despliegue que hacía en su cocina, pensé más o menos lo mismo que pienso ahora: que la mayoría de las personas remplazan las desavenencias afectivas con productos. Ese es también el significado de sus encomiendas: no te puedo dar mi comprensión ni mi compañía, así que eso que no tengo lo transformo en un pionono, en un sombrero, en un estuche de crochet para meter el celular. Tampoco es ninguna revelación. Es un saber que estuvo siempre, no solo en mi familia: cuando falta el entendimiento y se renuncia a llegar a él de una forma consensuada –o sea laboriosa–; cuando gana la incapacidad o el cansancio, siempre quedan la comida, los regalos, los productos deliberadamente innecesarios –y, en general, feos.

Salgo otra vez a la terraza. Al final no me traigo agua ni me traigo nada. Afuera está Ágata. Me siento, se me trepa a las piernas y se acomoda en un bulto pesado.

Me preocupa no tener clara la primera parte de la postulación. Es poco serio aplicar a una beca para desarrollar un proyecto de escritura que no tengo.

Mientras examino el aire buscando no sé qué, empiezo a ver retazos de cosas que me contó mi hermana alguna vez. Fue hace tantos años que se me escapan los detalles. Eran todos inventos. Mi hermana estaba harta de que le preguntara cosas que ella también ignoraba. Entonces se ponía seria, se sentaba frente a mí y me miraba con intensidad. Y empezaba a contarme, como una película, la historia de nuestros padres. Cambiaba el tiempo verbal, narraba en presente, cosa que me llamaba mucho la atención porque hacía que todo lo que me decía pareciera no solo cierto, sino inmediato. «Esto que te cuento no pasó, sino que está pasando»: así era como yo entendía sus relatos.

Arrancaba así:

Mami y papi se van a una fiesta en un barco. Hay orquesta, luna llena y meseros que sirven un whisky traído de la Guajira. El whisky está adulterado y todos los que toman se mueren. O sea, toda la fiesta, salvo mami, que está embarazada y no toma alcohol. Así es como ella se queda viuda y tú huérfana antes de nacer.

No te creo, le decía yo.

Y ella, revoleando los ojos, decía que bueno, okey, que la historia era otra:

Un barco, una fiesta, la luna, la orquesta –por alguna razón enmarcaba todo en ese escenario, que debía parecerle romántico y trágico al mismo tiempo–. De repente una tormenta feroz, seguramente algún coletazo del huracán El Niño –que estaba de moda en nuestra época, pero vaya a saber si en la de mis padres–, sacude el barco hasta darle vuelta y todos se ahogan menos papi, que es experto en tormentas, porque es soldado de la Marina.

¿Soldado?

Un soldado muy valiente, sí. Pero al ver que su mujer embarazada muere, se entrega al alcohol: se toma todo el whisky de la región, y en una de esas da con un cargamento adulterado –traído de la Guajira por unos indios contrabandistas– y muere intoxicado.

Entonces, ¿yo muero también?

No, no mueres. Te sacan milagrosamente del cuerpo de mami y te operan para revivirte, pero para salvarte me agarran a mí y me sacan toda la sangre del cuerpo, y te la pasan a ti por unos tubitos transparentes: unos pitillos largos que te meten por la nariz. Tu cuerpo de bebé es pequeñísimo, pero de todas formas usan toda mi sangre. Me vacían, no me dejan ni una gota. Cuando te entregan a mi abuela el doctor le dice: «Esta niña nació con la sed de un vampiro.»

¿Y tú?

Yo muero.

¿Tú mueres?

Ella asentía: sí, yo estoy muerta, no existo.

¿Y por qué te veo?

Porque estás llena de mi sangre.

Había muchísimas variantes. Todas perturbadoras. Pero yo me sentía agradecida por el hecho de que mi hermana me diera algo de lo que agarrarme. Sus relatos eran mi única cosmología. Supongo que lo siguen siendo. Para el resto de la familia, nuestro origen fue siempre un baúl con candado.

Vuelvo a la laptop, a la propuesta de la beca:

Género: novela (?).

Título: El diario de mi madre.

8

A eso de las nueve de la noche suena el timbre de la puerta. Mi madre ya está acostada. Yo estoy en el sillón con Ágata y cabeceo frente a una serie en la computadora. Pienso que es el matrimonio de al lado. A lo mejor Máximo les dijo que estoy herida. O tal vez vienen a pedirme disculpas por acusarme de tirar una rata muerta en su terraza: después de conversarlo durante la cena, llegaron a la conclusión de que la acusación era un disparate. «¿Acaso no somos todos gente civilizada?»: es lo que dice ella en las reuniones del edificio cuando algún asunto amenaza con salirse del cauce eufemístico. Erika eligió la suficiencia como estrategia para decirle al mundo: estoy preparada para recibir tus golpes antes de que vengan. En las reuniones habla poco, pero su mirada recorre las caras de los presentes como se recorre un jardín seco. Detesto su actitud, y al mismo tiempo la comprendo. Pero esa comprensión no es racional. Me pasa con Erika como con algunas obras de arte que no entiendo y por lo tanto no alcanzo a saber si son geniales o inmundas, pero me paro frente a ellas y siento una bofetada repentina, y enseguida el desconcierto: ¿por qué me pegas si solo te miré?

Me encamino a la puerta. Mi plan es encararlos con los brazos cruzados: escucharla a ella deshacerse en explicaciones; verlo a él enrojecer. Ambos cuerpos recortados sobre el fondo ocre del pasillo que separa nuestras puertas.

Me asomo a la mirilla: es la enfermera.

–¿Sí? –digo.

–Disculpa la hora, soy Susan, la mamá de León.

Abro la puerta.

–Hola.

–Hola.

–¿León está bien?

Asiente. Yo no me muevo, no quiero que entre.

Quiero agarrar un machete y tajear el piso para marcar el límite entre el mundo de afuera y el mundo de adentro, y que de ese tajo crezca un muro de fuego que solo yo pueda atravesar. Me apoyo en el marco de la puerta. Susan mira por un costado y descubre a Ágata:

–Ay, apareció la gatita.

Suspiro.

–¿Quieres pasar?

–¿A qué huele acá? –dice Susan.

La ignoro. Estamos en la cocina, simulo estar concentrada encendiendo la pava. El aire es una mez-

92

colanza de olores exóticos. Distingo cardamomo, comino, clavo de olor, anís, mucho cilantro. Lo curioso es que si Susan no lo menciona es probable que el olor no me hubiese parecido llamativo. Significa que me estoy acostumbrando a que mi casa —mi vida— apeste a comida hipersazonada. Mi madre hace desaparecer la materia prima, el alimento esencial, para convertirlo en no sé qué. No es su culpa, no del todo. Es algo típico de la gastronomía de mi país. Hay que ser un mago para adivinar qué estás comiendo. Puede ser una exquisitez, no importa, pero el origen, el punto de partida, es un misterio que se guarda el cocinero.

Mientras la pava hierve, Susan descubre en un estante una botellita de ron que vino en alguna encomienda anterior. Está casi llena. Cuando le sirvo el té señala la botellita con el mentón:

–¿Puedo?

Asiento. Susan vuelca un chorrito en su taza. Es oscuro, añejo.

Mi hermana considera que el ron blanco es de pobres y/o adictos y el oscuro es de gente elegante y lúcida que cada tanto, después de un día complicado, necesita alguna sustancia que la ciegue momentáneamente para luego recuperar la visión cristalina de las cosas. Me honra su explicación, pero no me gusta el ron.

–¿Querés? –Susan me ofrece.

Igual cada tanto le doy una oportunidad. Le extiendo mi taza y ella vuelca un chorro sin dejar de mirarme las uñas. Un adefesio. Yo examino las suyas: cortas, de punta redonda, sin pintar.

–Vamos afuera –digo, y me encamino a la terraza

para buscar aire limpio. Ella me sigue. Ágata se queda echada en mi laptop, vigilando la puerta cerrada de la habitación.

—Quería hablarte de algo —dice Susan, y sorbe su taza. Tiene puesto un saco ancho y delgado con bolsillos a los costados, y un pantalón de algodón. Es ropa gastada, cómoda. Sus zapatillas son blancas, Adidas, nuevas, lindas. Ya veo, en eso invierte.

Susan y yo nunca hemos hablado de nada. Las pocas veces que León se quedó conmigo, ella pasó a buscarlo a la madrugada y se lo llevó dormido a su departamento tras murmurar un gracias. Siempre quiso pagarme, pero yo me negué. Una vez me mandó una manta tejida, tipo aguayo, pero industrial.

Me acodo en el balcón. A lo lejos: el edificio hueco en su esplendor nocturno. Transcurren dos sorbos más de ella y uno mío. Mi té está muy amargo. Me quema la garganta, primero, y el estómago, después. Es como si hubiese tragado brasas. Me sube por la garganta una burbuja de gas que se me escapa por la boca en un eructo vergonzoso.

—Perdón —le digo—. Algo de la cena me cayó pesado, disculpa...

—Tranquila, nena.

Los ojos de Susan brillan. ¿Va a llorar? Me asusto. Pero no parece un brillo de tristeza, sino de violencia contenida. Algo que reluce de pronto y muestra su dureza. Una roca bajo el agua.

—Hace un rato, cuando León estaba por dormirse, le pregunté que quién le gusta que lo cuide cuando estoy en el trabajo y, bueno, me dijo que vos.

–Qué lindo.

Ella mira el piso, las juntas de las baldosas manchadas de verdín.

No me esmero mucho en la limpieza de la terraza, se la dejo a la lluvia.

Susan vuelve a levantar la vista. Me mira fijo, pero está callada; como si ese gesto fuera una pregunta perfectamente formulada que yo debo responder.

–Se ve que sos buena con él y quería agradecerte por eso –dice.

–No, por favor, León me cae diez puntos.

–No, pero igual.

–Ok.

Ambas callamos.

Uno, dos, tres sorbos de esa pócima horrenda pero eficiente.

Ya me siento más liviana. En mi cabeza están las lombrices levándose, insufladas de aire. Hoy no pesan.

–La forra de la niñera me renunció esta tarde –dice–, ¿podés creer?

Me tomo el resto del té de un saque. Es obvio lo que se viene.

–... primero salió con que quería más guita, le dije okey, hago el esfuerzo; pero después ya no era eso sino un tema de horarios.

–Estudia a la noche, me parece.

No intento defender a la niñera, aunque me cae bien porque es fácil relacionarse con ella. Ni siquiera sé su nombre, siempre que me tocó el timbre se anunció como «la niñera de León». Pero me parece una chica correcta y paciente. Opera con diligencia y sin ningún asco las tareas más complicadas, como limpiar mocos y traseros. Es decir, es alguien idóneo pero frío. Las veces que hablamos me quedó claro que trabajaba por necesidad, pero los niños no eran su vocación. No quería hijos, me lo había dicho una vez acá mismo. Esa noche Susan se había retrasado y ella ya no llegaría a su clase porque había paro de transporte. Se enteró después de subir a León a mi casa, entonces le dije que se quedara ella también y tomáramos un té mientras León miraba dibujitos en mi laptop. Yo tampoco quería hijos, le dije. ¿Por qué?, me preguntó. Porque ya tengo dos trabajos, contesté, por uno me pagaban, y por el otro –el que más me costaba y el que más me gustaba–, no. No podía asumir un tercer empleo, mucho menos si era gratis. Pareció pensárselo un rato, asintiendo con el té en la mano. Le hablé de Virginia Woolf, para citar una voz autorizada: «Una mujer que quiere escribir necesita un cuarto propio y quinientas libras», había dicho en 1929. «Uh», dijo la niñera, «hace casi cien años.» Y que con la inflación histórica de la Argentina era mejor no hacer la conversión. Me hizo gracia, pero me empujó a hacer esa difícil ecuación en la cabeza: quinientas libras, ¿cuántos pesos eran en 1929? Y sobre esos pesos debía aplicar la inflación que hubo en Argentina en cien años. ¿Era así?

–Todo mentira, qué va a estudiar –dice Susan, y me mira con sospecha, como si tener ese dato me situara en el campo enemigo.

Las razones de la niñera eran más simples que las mías: un hijo era un esfuerzo largo y demasiado físico, ella no quería poner ni su cuerpo ni su tiempo. Ya el parto lo anunciaba: el desgaste físico era brutal. «Pensá esto», me dijo: «una persona solo puede soportar cuarenta y cinco unidades de dolor, pero en el parto una mujer soporta unas cincuenta y siete, esto equivale a veinte huesos rotos todos a la vez.» Lo que le seguía al parto era todavía peor, siguió, porque tener un hijo requería de una entrega absoluta y definitiva, si es que una no quería destrozar a la criatura en el proceso, claro. O perderla. La facilidad con la que se perdían los niños era sorprendente. ¿Ah, sí?, le decía yo, cautivada por su modo de hablar rotundo. «Históricamente han sido el eslabón débil: los roban, los venden, los descuartizan», decía. «Y nadie los defiende porque a nadie le importan.» Así que había que estarles encima, cuidarlos, vigilarlos hasta que pudieran andar sueltos, y para eso el ser humano era muchísimo más lento que otras especies. Ella lo sabía bien, había cuidado a su hermano menor que acababa de cumplir quince, y recién hacía unos cinco años podía decir que lo había «destetado». Diez años le entregó. Y ahora, encima, andaba por ahí, «tentando la suerte», en la moto de un amigo: «Una moto, ¿podés creer?» A ella le daba terror, pero ya no era su responsabilidad. No existía nada a lo que quisiera entregarle diez años más, dijo. Y que cuidar a León era algo provisorio y acotado. Por eso le daba bronca que Susan la colgara y le robara su tiempo, eso era una maldad: con ella y con el niño.

—Es una mala bicha, esa piba. —Susan saca su celular del bolsillo, teclea algo rápido en la pantalla y me muestra. Es el Instagram de la niñera que por poco no reconozco. Se llama Flor. Y tiene pétalos negros tatuados alrededor del ombligo. Eso es lo que se ve en la foto que me muestra Susan ahora, además del comienzo de su pubis –estrías, vellos, la marca del bikini– y, arriba, el pliegue de sus tetas: dos sonrisas anchas. Envidio esa clase de osadía, ese desparpajo para mostrarse que tienen algunas mujeres. Mujeres que se sienten cómodas más que bellas, y por eso son bellas. Flor es bellísima. Yo soy un saco de complejos.

–¿A vos te parece esto? –insiste Susan, indignada.

¡Me recontra parece!, quiero decirle.

–... y ni siquiera es la foto más fea que tiene, válgame Dios. –Sacude la cabeza.

El acento de Susan me despista.

–¿De dónde eres? –le pregunto.

–Del sur –contesta sin ganas.

El sur es grande. Es casi como señalar un planisferio y decir: «Vivo ahí.»

Pienso en el glaciar Perito Moreno desmoronándose frente a la vista deslumbrada de mi madre.

–Dicen que es hermoso.

Susan toma aire, parece evocar algo que no puede retener.

–Sí, qué sé yo.

–Susan, yo no puedo ser la niñera de León –le digo.

Asiente. Vuelve a su té y sorbe con los ojos cerrados como si fuera una pócima que la hará mutar en otra cosa. En algo libre y efímero: una libélula, un barrilete, un origami, un cigarrillo.

–¿Cuánto costarán esos departamentos? –digo, señalando el edificio de lofts. Quiero salir del atolladero. Susan abre los ojos.

–Mucho. El edificio está casi vacío porque no se los pueden vender a nadie.

–¿En serio?

–Y sí. ¿No ves?

–Solo alcanzo a ver bien este, que está ocupado.

–Y sí, pero en general, digo. ¿No ves cómo están las cosas en este país?

«Las cosas» es una expresión amplia. Mientras que «este país» es una idea restringida. Quiero decirle que tengo una facilidad enorme para ignorar todo lo que no me incumbe directamente: tsunamis, elecciones, huelgas, la macroeconomía. No se lo digo porque la enunciación es débil y la argumentación sería desmedida.

–Se ve que vos no salís mucho, pichona.

–No tanto.

–Mejor. –Termina el té en dos sorbos más–. No te perdés nada.

Ambas miramos al frente, hacia el edificio hueco.

Pienso en la colección de proyectos truncos: tres pisos de un bufete de abogados; dos de un estudio de arquitectos; el consultorio de una psicóloga de famosos; un salón de estética y *stone therapy*.

¿En qué piensa Susan? Las comisuras de sus labios tienen gravedad propia, se curvan involuntariamente.

Escucho un ruido en mi habitación. Temo haber despertado a mi madre. Susan ni se inmuta.

99

—¿Qué hora es? –digo.

Ella sale de su trance para mirar el celular.

—Uh, diez y media pasadas –y que mejor se va yendo porque tiene que ir a doblar la ropa.

—¿Ahora?

—Si no se me junta.

En la puerta me mira: sus ojos oscuros sumergidos en un cuenco.

Está pálida. Se ve que tampoco sale mucho.

—Gracias por la charla y por el té –me dice.

Debe ser el ron: me siento blanda y generosa. En estos momentos de flaqueza es cuando la buena entra en escena y mete la cucharada.

—Susan, si un día estás con alguna urgencia, yo puedo cuidar a León.

«Estúpida», dice la vil, antes de quebrarse como una porcelana contra el piso.

Susan asiente y sonríe.

—Gracias.

Ya está por irse, pero otra vez se da vuelta:

—Te voy a dar un tip de supervivencia –está deseosa de retribuirme. El «tip» es su regalo–: cuando te sientas abatida, ordená. –Me agarra el antebrazo, sus dedos están fríos–. Ordená todo lo que encuentres: se llama ocio productivo y a vos te va a hacer bien porque a mí me hace bien, y en el fondo somos parecidas.

¿En el fondo de qué?

—... ordená hasta que el peso de lo que cargas se te haga llevadero. Porque no es que se va el peso, ¿sabés?, eso es importante saberlo –adopta un tono científico que atribuyo a su profesión–: el peso no se va, solo se aliviana.

Cuando cierro la puerta pienso en las tardes que dediqué a ordenar mi ropa por colores. Las mujeres solas somos presa fácil de los «tips de supervivencia». Leí en una revista que el clóset es una foto de la psiquis. Por el test que le seguía al artículo supe que mi naturaleza es caótica. ¿Y eso qué significa? Entre otras cosas: que no estoy dotada para la felicidad, que si quiero llegar a ella debo ser empeñosa y procurármela; y comer menos carne roja: cuando el cuerpo pesa, la mente pesa y el discernimiento llega con más dificultad. No sé qué revista era esa, la leí en el consultorio de la odontóloga, y ese día lo creí. Yo me obligo a ordenar para simular que controlo algo –esto no me lo dijo ningún test–, pero el orden me dura poco porque es circunstancial. A veces también es preventivo: ordeno para no aburrirme, o sea, para no entristecerme. Podría haberle dicho todo esto a Susan. Decir estas cosas es una forma de acompañarse. Pero me dio vergüenza. La idea de que hay un saber que nos calza a todas es ingenua. Lo mismo que descubrir en la vida ajena una conexión secreta con la propia. Cada vez que alguien suelta un: «a mí me pasó exactamente lo mismo», sé que está por contar algo que no tiene nada que ver con la historia original. Quizá sea un gesto solidario y yo no soy capaz de percibirlo: recibir una anécdota de segunda mano y sentirla como propia y contarla como propia y transferírsela a otra persona y luego a otra, hasta que la historia original ya no importe.

9

—Yo puedo cuidar al niño, si quieres —dice mi madre, mientras levanta la bandeja de la mesita auxiliar con ruedas que compré hace meses, aunque no le he dado mucho uso. Estamos en la sala, recién desayunamos patacones con queso y café con leche.

¿Cómo pudo haber escuchado mi conversación con Susan?

La imagino con la oreja pegada a la puerta de la habitación, intentando descifrar palabras y silencios. La imagino presionando con tanta fuerza que puede sentir los crujidos internos del aglomerado.

Yo hago como que no la oigo. Me recuesto en el sillón, la dejo retirarse.

Miro la mesita llena de migas. Qué espacio inútil. Es tan diminuta que las tazas hubo que ponerlas en el piso y yo estaba tensa pensando que en cualquier momento las iba a patear. Pero era más el hambre que la preocupación; comí con la voracidad de una musaraña. Para estar más cómodas, había ido por dos sillas de la terraza y las entré a la sala. Cuando salí a buscarlas sentí el contraste drástico entre el frío de afuera y el calor de adentro.

Ahora, desde el sillón, la vista detrás de la terraza es la niebla estacionada en el horizonte. Los copetes grises de algunos edificios sobresalen como icebergs. Ágata no está. Otra vez desapareció. Pasa siempre: si está mi madre, la gata se va.

—Pobre mujer —mi madre me habla desde la cocina—, estaba tan abatida.

Abatida no es una palabra de mi madre.

Desguanzada, descajetada, desfallecida. Esas son palabras de mi madre.

Vuelve a la sala secándose las manos con un repasador sucio que luego usa para sacar las migas de la mesita. Se atraviesa en mi visual: su silueta oscura se impone sobre la niebla del fondo. Del golpe en la cara solo le queda una sombra ligera que le abarca el pómulo y un ojo; es una isla flotante que estuvo navegando por la mitad superior de su cara y se fue instalando por temporadas en distintos sectores.

—¿Sabes algo de Eusebio? —La pregunta me surge de la nada. Esto tiene un nombre en neurociencia. A veces no son preguntas, sino frases sueltas sin relación directa con nada de lo que esté pasando. Muchas veces son frases inapropiadas, sensibles, hirientes. Pienso en un mutante cuyos ojos emiten descargas eléctricas al voleo. Esas frases se autogeneran como un hongo en una región del cerebro cuyo nombre olvidé.

Mi madre niega con la cabeza:

—No sé.

La veo salir a la terraza y, otra vez, tirar el puñadito de migas por el balcón. ¿Por qué hace eso? Quiero agarrarla por los hombros y explicarle cosas. ¿Qué cosas? Me agota pensarlo. Ordenar conceptos, establecer categorías: esto es correcto, esto es incorrecto. ¿Según quién? Según la ética social universal.

Hace años me enteré por mi hermana que Eusebio había destrozado parte de la casa. No se supo por qué: «Se ensañó con cada puerta como si se estuviera defendiendo de Godzilla.»

Cuando vuelve adentro, mi madre transpira. Pienso que tengo que pedirle a Máximo que revise la calefacción del departamento. Qué angustia pedirle cualquier cosa a Máximo. Mi madre vuelve a la cocina a lavar los platos, anuncia. Debo levantarme para ir a ayudarla, me digo. Pero me quedo ahí.

Antes, cuando estábamos desayunando, me embistió un sofoco. Tuve que abanicarme con las manos y respirar hondo. Mi madre me miró con el ceño arrugado: «¿Estás bien?» Asentí. Luego miré el interior de la taza de café con leche para comprobar que lo hubiese preparado bien. Estaba bien: más leche que café, así era como lo tomábamos mi hermana y yo. Mi madre no tomaba leche, decía que se le fermentaba en el estómago. Pero su taza de hoy era idéntica a la mía: una lágrima. Así le llaman acá en Buenos Aires.

Cuando me surgen esas frases o preguntas descuajadas (otra palabra de mi madre), las anoto en un archivo de la computadora porque supongo que alguna vez me van a servir para algo. Así es como voy atesorando una larga lista de incoherencias.

—Debe seguir en el pueblo —dice mi madre.

Su voz me llega filtrada por el golpe del agua contra la pileta. Puedo ver las gotas salpicando la mesada, los azulejos, el piso. Su presencia es explosiva. No le caben calificativos como sutil, delicada, cauta, discreta, lánguida. Le caben calificativos como nerviosa, enfática, temerosa, tosca, exuberante.

—... a los negros les cuesta irse.

Eusebio y su mujer, la Machi (nunca supe si tenía un nombre real), debieron ser las personas más devotas que tuvo. La asistían en la casa, le hacían las compras, le administraban la finca. Pero mi abuela desaprobaba que mi madre nos estuviera criando como animalitos sueltos en esa casa platanera, al cuidado de un par de almas buenas pero salvajes. Decidió entonces que estaríamos mejor con mi tía Victoria, al menos durante la semana, y que fuéramos a un buen colegio. Que nos sacáramos el taparrabo y nos vistiéramos con un caluroso jumper escocés. El sábado, si queríamos, podíamos volver al monte a tirar piedras o a pinchar con un palo a los bichos marinos que iban a agonizar a la orilla de la playa. ¿Por qué se iban a morir ahí y no a otro lado?, le pregunté una tarde a la Machi. Estábamos mi hermana, ella y yo sentadas en los espolones enmohecidos que dividían una playa de otra. La Machi miró a los lados: el viento chillaba como si estuviera herido y levantaba una arena fina y molesta. Luego me contestó que en esa playa no había gente, esa era la razón: «A nadie le gusta que lo miren cuando se muere, niña.» Mi hermana resopló de fastidio. La Machi y yo nos volteamos a mirarla y entonces dijo que tenía calor y se sentía pegajosa; y que había mosquitos y que ese olor a verdín le había dado un dolor de cabeza que le nublaba la vista. Así que nos fuimos. En el camino de regreso, cuando la Machi se adelantó un poco para sacar las piedras del trechito angosto por el que había que ir, mi hermana, enferma de irritación, me dijo: «La Machi da vergüenza, es muy ignorante.»

Me levanto del sillón, me desperezo, entro a la cocina.

–¿Cuántos años tiene? –me pregunta mi madre, mientras lava platos y los va apilando en una torre sobre la mesada. Son muchos platos sucios para un desayuno de a dos. Busco un repasador limpio en un cajón del mueble y procedo a secarlos.

–¿Cuántos años tiene quién?

Yo sigo pensando en la Machi, en Eusebio. Olían siempre a sal. A veces también a leña.

–El niñito de la vecina.

–Ah, León. Tiene seis.

–Dile que se lo cuidas, dale. Yo te ayudo.

La miro. Busco algo en su cara que me permita reconocerla.

¿Me ayuda? Justo ella, que no tiene ningún carnet que la acredite para cuidar niños. Me da rabia y me da lástima.

En mi cuerpo tengo guardada una colección de accidentes infantiles. Cicatrices que dan fe de que estoy viva de milagro. Caí de árboles altísimos, quebrando ramas gruesas con mis huesos flacos. Me rompí la clavícula, me volé los dientes; una vez me di un golpe tan fuerte en la cabeza que durante días escuché un pitido agudo interviniendo el resto de los sonidos. Tengo más tomografías que fotos. Pero me gustaba estar en esa casa, así suelta y agreste. Cada domingo sufría la llegada de mi tía porque no quería irme. Mi tía era buena pero aburrida. Era como un novio formal al que había que volver después de un fin de semana apasionado con un heroinómano bellísimo y aventurero. A mi tía le pasaba algo parecido cuando iba a buscarnos: nos miraba extrañada, como si nuestros rasgos –tan patentes el viernes– se hubiesen borrado en dos días y ahora le tocara a ella volver a dibujar unos que sí permanecieran. Casi siempre traía invitados. Corría a nuestro encuentro con un apremio inexplicable –es decir falso– y nos presentaba en un tono solemne y englobado, como si fuéramos algo que, luego de considerarlo sesudamente, ella misma se animaría a comprar. Mi hermana no ponía resistencia. Yo bajaba a la playa, me perdía por un rato que nunca alcanzaba a preocupar a nadie. Si el mar estaba muy picado me sentaba en la orilla, pero casi siempre me metía en el agua y me sumergía con miedo y excitación, pensando que algún animal vendría a atacarme. Ahí abajo imaginaba que mi madre los rodeaba a todos sin que se dieran cuenta, rociaba el perímetro con gasolina y les prendía fuego, y cuando yo subía, encontraba una selva arrasada sin cuerpos a la vista. Pero no, cuando yo subía lo que encontraba era un almuerzo opulento servido en los platos de visita. Y al resto de mis tíos ya casi borrachos. Y a mi abuela intoxicándose con repelente. El jardín de mi abuela no era como el nuestro: le ponía tanto herbicida que no cantaba un pájaro, ni una chicharra, ni zumbaba un grillo. Ella lo consideraba un triunfo.

No recuerdo mucho más de esas comidas.

Sí recuerdo lo que esas comidas me enseñaron: las familias son emboscadas. Lugares inflamables.

–Hoy vamos a salir –le digo a mi madre.

–Ay no, ¿a qué?

–No sé, no importa.

–¿Cómo no? ¿Adónde vamos?

–A pasear en tren, a tomar aire, a ver vacas.

–¿Qué me pongo?

–Algo cómodo.

El tren va casi vacío. No es raro porque es un tren de juguete: se usa para pasear turistas y el boleto cuesta tres veces más que el tren ordinario, que cubre la misma ruta con otro recorrido. Es todo de madera y hierro, está siempre limpio, y se toma en una estación bonita y pintoresca del siglo XIX. Allí aprovecho para comprar agua. En nuestro vagón hay solo dos pasajeros más. Una chica con auriculares y un hombre dormido. Le digo a mi mamá que ocupe el asiento de la ventana, así puede ver mejor el paisaje. De pronto me siento responsable de la vista, como si fuera mi trabajo prepararle la escenografía. El viaje es largo y bucólico, si se toma como referencia el paisaje desde mi terraza. Vemos pasar casas grandes con sus jardines amarillos, iluminados de un modo que hace pensar que hay alguien interesado en restregarnos la belleza del mundo.

Mi madre se entrega: la veo mirar como otras veces la vi mirar otro tipo de belleza. Triste. Mi madre mira triste porque yo supongo que el mundo, por bello que sea, no le basta. Y ese hueco de no bastarle el mundo, de echar en falta algo que el mundo no será capaz de darle, es la tristeza. Pienso que ella podría decir eso mismo del amor. El amor y la tristeza, cuando son tan intensos, deben sentirse idéntico, en los pulmones. Entran al cuerpo en bocanadas ansiosas, siempre insuficientes.

¿En qué piensa mi madre? Tal vez en mi padre. ¿Cuánto dura un muerto vivo dentro de otro?

No sé en qué piensa mi madre.

Cuando se vuelve a mirarme y yo me veo en sus ojos, imagino que mi reflejo no viene de afuera sino de adentro, y que soy yo la que está en su cabeza y es por mí por quien sufre.

–Acá estoy –le digo. Porque la veo irse por la ventana y quiero traerla de vuelta. Ella me pasa los ojos por encima con un paneo fugaz, y vuelve a irse. Mi presencia no la convence.

Es una escena que se repite.

Antes, en la casa de la playa, en el momento en el que ella se volteaba hacia la ventana y se hundía en el mar y sus bramidos, mi hermana me jalaba del brazo, me sacaba de la habitación y luego de la casa y me arrastraba hasta la camioneta de mi tía, que ya estaba embarcada, impaciente por irse, mientras Eusebio terminaba de cargar los bolsos con la ropa.

«¿Están listas? ¿Guardaron sus cosas? ¿Apagaron la luz?», preguntaba ella, toda atribulada. Y yo: no, no, no. Después, en el camino de vuelta, se quejaba: «Así no podemos seguir.» Mi hermana asentía con su expresión severa y preocupada, yo me hacía la dormida. Pensaba en mi reflejo en los ojos de mi madre, imaginaba que cuando ella me miraba se veía a sí misma, y cuando yo la miraba me veía a mí, pero con su aspecto. Como dos espejos enfrentados. «Todo tiene un límite», seguía mi tía. Y yo podía saber, aun con los ojos cerrados, que mi hermana me estaba mirando, estudiando mis reacciones contenidas. ¿Qué era todo?, pensaba. Si todo era Todo, no podía tener un límite. Eso era un contrasentido.

10

El potrero donde vive la vaca de la campaña queda en El Tigre. Hay un cuidador, pero hoy no está. No se me ocurrió llamar para avisar que pasaría, porque las dos veces que visité el lugar el hombre siempre estuvo ahí, como parte invariable del paisaje. Lo vi propinarle a la vaca los cuidados de una duquesa: la bañaba, le cepillaba el pelo con un secador de aire templado, le lustraba los dientes y los cascos.

La última vez fue unos diez días atrás para ver a la ingeniera de alimentos, que también era la hija del dueño. Quería explicarme cosas demasiado técnicas como para usar en mi texto. Después de enumerar los músculos y tendones del animal, me habló de una droga natural para dormir a las vacas que después serían sacrificadas; de ese modo no pasaban por un matadero tradicional, sino que tenían una muerte tranquila. ¿Por qué? Porque el estrés de la matanza estropeaba la carne. Ellos querían que el potencial consumidor se sintiera cercano al alimento, que supiera de dónde vino, cómo vivió, cómo murió, incluso si tenía un nombre. Era muy importante saber qué nos metíamos en la boca, dijo: «Es importante saber que esa vaca fue feliz.»

La primera vez me había traído Eloy. El cliente lo había llamado desde la ruta para avisarle que estaría por unas horas en Buenos Aires y nos citó en el potrero. El hombre vivía en La Pampa, donde también quedaba su hacienda ganadera. El potrero era un lote que alquilaba para guardar a la vaca que había sido trasladada cuando se decidió que sería la imagen de la marca de carne de pastura que estaba por lanzar. Nunca nadie probaría su carne, o sea, que si comía pasto virgen o ratas podridas no solo era incomprobable sino irrelevante.

Mientras Eloy y yo esperábamos al cliente dentro de su auto —uno de esos con techo de vidrio—, tuve como una sensación de irrealidad. Me pregunté quién sería yo si fuera otra, quién sería Eloy en ese nuevo escenario y qué haríamos los dos solos frente a ese cielo azulísimo detrás del corral. Quizá me parecía un desperdicio estar ahí, embutida en ese auto elegante con Eloy y no con alguien para quien ese cielo azulísimo detrás del corral adquiriese significado gracias a mi compañía. Y viceversa. «¿Por qué suspiras?», me preguntó Eloy, y yo, a lo mejor porque me sentí expuesta, le dije que no me parecía normal que una redactora acompañara a su jefe a juntarse con un cliente y menos por fuera de la oficina, salvo que el jefe pretendiese de ella algo más que un folleto. «¿Entonces por qué viniste?» me dijo él, visiblemente molesto con mi comentario. La tarde olía a eucalipto, aunque cada tanto llegaba una baranda a fango porque el río pasaba cerca. «Quería tomar aire.»

Acá mismo estamos mi madre y yo: tomando aire frente a la tranquera cerrada. Un par de vacas que no son la mía pastan al fondo. Aplaudo para ver si aparece el cuidador, pero no ocurre.

–Bueno, vamos. –Mi madre camina en sentido contrario al potrero, por la misma ruta sin pavimentar que tomó el taxi que nos trajo desde la estación de tren. La veo avanzar, como rebotando sobre sus pasos cortos, amortiguando el peso del cuerpo. Se ha puesto redonda. Hay mujeres que tienden a la esfera y hay mujeres que tienden a la estaca. Mi madre pertenece al primer grupo, es muy probable que yo también esté yendo hacia allá. Así de espaldas, con su pantalón marrón, su abrigo negro, sus babuchas, puede ser cualquier señora que pasa por la calle. ¿Y si la dejo ir? ¿Si la dejo avanzar y perderse entre las personas del pueblo? ¿Y si me escondo a espiarla? Al verse sola, tendrá que buscar ayuda. Es un buen modo de poner a prueba el relato que tiene de sí misma y de su circunstancia. Cuando un niño se pierde se acerca a un adulto y pide por su madre: revela todo lo que sabe de ella. Mi madre tendría que pedir por mí, dar mis señas, y resumir en tres líneas eficientes quién es y por qué está aquí, perdida en un país extranjero.

–Vamos al río –la alcanzo–, está cerca.

Caminamos unas cuadras que la dejan jadeando, y nos sentamos al borde de un muelle que mira a un

113

viejo club de remo derruido. Le paso la botellita de agua que llevo en el bolso y toma. Yo tomo también.

–¿Y qué es lo que tiene esa vaca de especial? –me pregunta.

Lo pienso un poco y concluyo que nada. Es decir, es una vaca hermosa según la norma –blanca con manchas negras–, pero no hace nada extraordinario más que masticar acompasadamente un montón de yerba verde oscuro para indicar que es por eso, por su alimentación natural, que su aspecto y su gusto son perfectos (y «verdaderos»). Le explico que creció en un campo vastísimo, que crió músculos por pasear a sus anchas, y que ahora su misión es redimir a su especie. Las vacas del futuro son parecidas a las del pasado, deben vivir libres y morir tranquilas para alimentar a las nuevas generaciones que serán más sanas, más fuertes, más listas que aquellas que se atiborraron de vacas de *feedlot*, infladas hasta reventar y derramarse blandas, generosas, rosadas, en el mesón de acero donde eran desmembradas, luego comprimidas, empaquetadas al vacío y distribuidas al mundo como la panacea de la alimentación proteica.

–Ya –asiente.

Imagino que se pregunta cosas. Por ejemplo, qué significa *feedlot;* pero descarta hacerme la pregunta porque la respuesta realmente no le interesa. Ni a mí. Como tampoco me interesa llevarla a ver a la vaca, ni pasearla en tren. Todo es una excusa para salir del departamento y pasar tiempo con ella. Para airearme la cabeza y tratar de entender. Tomo aire, huele a fango.

—Lo que más me gusta de acá es el cielo –digo.

—¿Ah, sí?

Sí. Me parece que el cielo argentino abarca más superficie que cualquier otro cielo que haya visto. El azul celeste prevalece por encima de las otras tonalidades. Por algo lo eligieron su bandera, pienso, porque su presencia es apabullante. Me acuerdo de León ensayando para el colegio la canción del día de la bandera: «Desde el altiplano al sur, desde el mar azul a la cordillera, yo siempre que mire al cielo voy a encontrar mi bandera», aullaba el niño con la mano en el pecho y la pose solemne que le había enseñado su maestra. Yo lo miraba desde el Chesterfield, la puerta de vidrio detrás, y el fondo de nubes como evidencia.

Mi madre suspira, cierra los ojos cuando inhala el aire y vuelve a abrirlos al exhalar. Se la ve contenta de estar ahí, bajo el manto celeste y frente al agua dulce y marrón. Una criatura exótica aclimatándose a un nuevo hábitat.

—El sol se está hundiendo. –Mira el horizonte entrecerrando los ojos, concentrándose en el retazo de luz naranja que está por apagarse.

Más gente se acomoda en otros muelles para mirar el atardecer.

Somos personas melancólicas despidiendo un barco, dedicándoles a los que se van frases sentidas y mudas: acá queda su pasado irrecuperable, pero ustedes no lo saben. Pañuelo al viento. Si fuera alguien menos propenso al naturalismo podría improvisar una descripción del trazado visual de esta puesta de sol para impresionar a mi madre, o para robarme el momento y congelarlo: por favor —me ruega una voz débil que viene de adentro—, que este atardecer no se parezca a ningún otro.

Cuando era más joven me costaba no actuar frente a un impulso, pero con los años aprendí a domesticarlos, me habitué a la frustración. Mejor así, porque a veces el impulso era tan ambicioso como querer que el mundo fuera otra cosa. Pero cambiar el mundo desde un rincón solitario requería de un esfuerzo que me paralizaba. Dicen que los cambios que se ponen en marcha de forma individual solo impactan en la realidad si se empeña una dosis grandiosa de trabajo diario sostenido en el tiempo indefinidamente. Como el de las hormigas. Esta tarde yo ya no quiero cambiar el mundo, solo quiero cambiar algo entre nosotras. Tampoco sé cómo hacerlo. Tendría que empezar por desmalezar el terreno. Tendría que encontrar la llanura y en ella las preguntas y, después, simplificarlas.

El sol se hunde, parece ir más lento que todo lo demás. Parece tener su propio tiempo.

—Yo no habría sabido qué hacer con ustedes —dice mi madre.

—¿Cómo?

—Yo las tuve adentro. —Se agarra la barriga con las manos, esa parte baja que parece un cinturón de carne, un lomo tierno que se está por rebanar—. Después las cuidé. Eso hice: usé mi cuerpo y las tuve y las protegí. Como cualquier animal de monte.

La madre corre por la playa, trepa por el barranco que da al jardín, pega un salto de pantera y cae en el claro que se forma entre los bananos, los mangos y los tamarindos. Se alza la bata, se pone en cuclillas y expulsa uno, dos críos sin ninguna dificultad. Corta el cordón con los dientes, lava a las criaturas con la lengua y sigue corriendo.

–Pero llega un momento en que eso no basta –sigue–, la gente necesita que les pongan cosas en la cabeza.

–¿Qué cosas?

–No sé qué cosas. Por eso las entregué, para que alguien que sí sabía les pusiera esas cosas en la cabeza. A la larga, todo el mundo hace lo mismo. Uno los manda al colegio para que otro haga ese trabajo que es un misterio.

Me pregunto si a eso vino. Me parece una explicación decepcionante y escasa: tres frases contra veinte años, más o menos.

–No puedo acordarme de nada que me hayan enseñado en el colegio –digo.

–Te enseñaron a conseguir cosas. Eso está bien, hay que saber conseguir cosas porque todo se trata de eso. Yo no sé conseguir nada. Vicky sí sabía, era ambiciosa. Hay que ser ambicioso, cuando uno pierde la ambición le dicen loco.

–Ya.

Después degüella una gallina, la cuelga en un árbol de cabeza para abajo para que escupa la sangre por el pico. Le saca las plumas, la troza, lava cada presa con agua de sal y las coloca alineadas sobre un mesón de piedra.

–Ustedes crecían y sabían cosas. Yo, en cambio, seguía siempre en las mismas. Les colgaba la ropa al sol para que la sintieran tibia, les calentaba el agua para bañarse a la mañana y así las salvaba del primer frío, les cocinaba cosas que me parecían ricas... Ustedes estaban para asuntos más elevados. Para mí alimentarlas era una misión elevadísima. Pero entonces tenían opiniones, salían con que la grasa animal era mala, que las patas de pollo una porquería. Yo pensaba, quizá tienen razón. Me decía: «Tranquila, vives en una cueva y ellas, cada vez que vienen, te traen la luz.»

Las hijas la miran desde adentro de la casa: una se come un pedazo de pan, la otra se hace una trenza con flores.

–... yo pensaba: la próxima vez que vengan voy a decirles esto, voy a hacer lo otro; voy a lavarles el pelo con agua de coco y voy a peinarlas, aunque no quieran. –Se ríe con una risa infantil, como si acabara de decir algo muy impropio–. Porque cuando se iban siempre tenía la sensación de que quedaba algo pendiente. ¿Me entiendes?

Para Navidad, la madre vacía a un cordero pequeño de sus tripas oscuras. Aceita el cuerpo hueco y

118

lo rellena con ciruelas, arroz, dientes de ajo. Se lava los brazos para sacarse la sangre seca, la grasa vieja, la corteza de mugre. En los árboles hay foquitos de colores. En la casa hay una fiesta.

He estado tomando notas para la propuesta de la beca.

Abandoné la idea del diario. Me parece forzado registrar el tiempo en el que transcurren las cosas. Es dar por sentado que hay uno solo, o que avanza en un solo sentido: hacia adelante, y que nada puede quebrarlo. No sabemos nada del tiempo. Puede que no avance, puede que no exista.

Ahora en mis notas hay un personaje a quien llamo «la madre». Pero no es mi madre. Se le parece un poco, pero no es. Mi madre no hacía esas cosas. Ella se sentaba a ver que otro lo hiciera. Daba, incluso, alguna instrucción acertada: «El corte es vertical, en el sentido del hueso.» O: «Sácale el riñoncito para que no se agrie.» Pero no metía las manos en la carne, porque no era hábil. No recuerdo en qué era hábil. En mirar, quizá. Se la pasaba mirando.

Siempre pensé que esa era también mi habilidad.

–... como que en el momento a mí no se me ocurría qué decirles, recién me acordaba después. Cuando ya no estaban. A la distancia todo es fácil –suspira–. ¿Entiendes lo que digo, nena?

Entiendo. No es la conjetura de Hodge.

–... solo que no vinieron más.

Estamos muy cerca, no recuerdo haber estado

nunca tan cerca de ella. Físicamente cerca, quiero decir. Me llega su olor a rosa mosqueta. En mi familia no se estilaba el cariño. Éramos respetuosos de las distancias, mezquinos en el tacto. Cuando empecé a frecuentar las casas de mis amigas y veía despliegues de abrazos, besos y caricias, prefería mirar para otro lado. Sobre todo cuando estábamos en una piscina –todas las casas de mis amigas tenían piscina– y los cuerpos se rozaban con demasiada facilidad. La sensación era que todos –padre, madre, hermanos– se desnudaban en mi cara y procedían a meterse mano.

Pienso que, si mi hermana nos viera desde su crucero, no se lo creería. Aunque esta cercanía es, como todas, una cuestión de perspectiva. Desde el crucero, en el medio del mar, mi hermana nos vería tan cerca como se ven las estrellas en el cielo, pero ¿quién no sabe que a las estrellas las separa una inmensidad negra y vacía?

–Mira –dice mi madre señalando el horizonte.

Hay una ranura roja. La cicatriz que se forma entre el río y el cielo antes de cerrarse. Estamos ante una prueba de que el espacio entre nosotras puede llenarse con algo más que humo. ¿Es eso? No está mal. Pero como no estoy segura de que miremos lo mismo, le pregunto:

–¿Qué miro?

–¡El mundo! –contesta ella repentinamente entusiasmada–, a veces es hermoso, ¿cierto?

120

11

Mi mamá volvió cansada del paseo y se acostó temprano. Yo llamé a Axel, le pregunté si podía pasar a visitarlo y él dijo que sí.

Miro la cama, el bulto en la oscuridad, trato de adivinar en qué piensa mi madre mientras se duerme. Qué hay en el momento previo a la caída en la inconsciencia; qué hay ahí, justo ahí, antes del abismo. Ronca.

Me meto en el baño tratando de hacer el menor ruido posible: me baño, me envuelvo el pelo en una toalla tibia y me siento en el inodoro a sacarme el pintaúñas. Cuesta removerlo, sobre todo en los pliegues entre la uña y la piel. Tardo una eternidad.

A eso de las diez salgo del departamento y tomo un taxi: serán unos veinte minutos por la avenida Libertador, con los ojos pegados a esos bosques que en la noche parecen más espesos.

Recuerdo que el día que conocí a Axel googleé su nombre. No su nombre y su apellido, solo su nombre, «Axel», para saber qué significaba. Tiene dos significados. El primero es bíblico, viene del hebreo Absalón, que significa «padre de la paz». Pero en la traducción literal quiere decir «hacha de guerra». ¿Cómo puede significar dos cosas tan opuestas? Esa vez se lo comenté a Marah, que en general tenía respuestas para todo. Se quedó pensativa y después me dijo con su voz aristocrática –o sea, un par de tonos más agudos que el resto de la plebe–: «¿Googleaste bien?»

El tiempo que llevo saliendo con Axel es casi el mismo que llevo sin ver a Marah. Quizá estoy reproduciendo ese tic adolescente de abandonar a las amigas por los novios de turno. Marah es una de esas chicas brillantes con infancia difícil, pero en un sentido más abstracto que cualquiera de las infancias difíciles de las que haya sabido. A Marah no le pegaron ni la abusaron ni siquiera la miraron mal; solo la abandonaron en una casa confortable y llena de libros y almohadones. Su madre viajaba, su padre viajaba, los novios de su madre y las novias de su padre viajaban también. «¿Pero adónde?», le pregunté. No quería saber los destinos, sino entender el sentido del viaje: una cosa era hacer turismo, otra ser diplomático. Marah no se molestó en contestarme. Debía bastarme eso para aceptar su tendencia a confundir todas sus relaciones –con el siquiatra, con sus colegas, con su acupunturista, incluso conmigo– con una oportunidad para curarse y salvarse y, si había una rendija en la que cupiera la posibilidad, saciar su hambre de sexo tormentoso y mal habido. Cuando Marah se

122

quedó huérfana –padre infarto, madre sobredosis–, se pasó noches enteras llorando en mi sillón y a mí me pareció insólito. Hacía muchos años que no veía a sus padres. Gracias a la enfermera que le dio la noticia del padre supo, además, que ni siquiera había sido la primera persona en ser avisada. ¿Quién fue la primera? Su madre, que estaba rehabilitándose en Uruguay y murió pocos meses después. Luego la novia del padre de aquel momento; después la exnovia, después el socio. Cuando tuvo que hacer la lista de personas allegadas, su padre la ubicó en el quinto lugar. «Olvídalo, ya estaban muertos», le dije yo. Y Marah dejo de llorar, asintió: «Tenés razón.» Pero al cabo de un rato me miró con los ojos tan hinchados que parecía que le hubiesen dado una paliza, y agregó: «Tenés la sensibilidad obstruida como los caños de una casa vieja.»

¿Qué opinaría Marah de la visita de mi madre? ¿Cuál sería su diagnóstico?

Axel abre la puerta, tiene puesto un delantal que le queda un poco chico. Axel es grande, no tanto en altura como en tamaño. Su complexión física es la de un gladiador. O eso me parece a mí. Cuando le mostré a Marah su foto, ella lo consideró, más bien, del tipo cavernícola. De cualquier manera, le dije, me gusta. «Los hombres grandes me gustan», fue lo que dije. Cuando la frase salió de mi boca se sintió como un descubrimiento. Pensé: Valoro la constitución física de Axel del mismo modo en que valoro un colchón de buena calidad en detrimento de una colchoneta. Su cuerpo me resulta cómodo.

—Llegaste rápido. —Me da un beso.

—No había tráfico.

Adentro huele bien. Algo se está cocinando. No alcanzo a ver qué, porque, una vez en la sala, Axel me lleva hasta el sillón y tenemos sexo. Esa clase de sexo apresurado que nos ocurre con frecuencia, como si tuviéramos que sacárnoslo de encima, limpiar el organismo para poder funcionar después como personas normales. Las últimas tres veces que nos habíamos visto habían empezado igual. Sexo en su auto, sexo en mi sillón, sexo en su sillón. Sexo arriesgado, pero para qué señalar lo obvio. Si caminas por el borde de un precipicio, no te regodeas en la vista.

—¿En qué andas? —me pregunta cuando ya estamos vestidos y sentados en la mesa, comiendo carne, papas y ensalada.

—¿En qué sentido?

—El que prefieras.

—Ando con eso de la vaca.

—¿Avanza?

—Supongo. ¿En qué andas tú?

—Yo ando con ballenas.

—¿Qué?

Me parece que escuché mal.

—Me voy a filmar ballenas.

Su voz tiene el tono victorioso de quien anuncia que ganó un premio.

Me cuesta tragar. De repente siento la carne gomosa, aunque hace segundos me había parecido un bocado perfecto.

—¿Ah, sí? —digo.

–Sí –alza los hombros–, es para un proyecto grande, es guita.

Me pregunto si Axel me habrá hablado de este proyecto y yo me olvidé, o si esto de irse repentinamente es algo que está permitido entre nosotros, aunque no se haya hablado nunca –o precisamente por no haberse hablado nunca.

–¿Un documental?

Axel menea la cabeza, dubitativo.

La palabra documental se me aparece ante los ojos como un letrero de neón a la mañana, estridente y doloroso.

–Algo así.

Quiero decirle que detesto los documentales de animales.

En lugar de eso mastico y trago.

Detesto sobre todo a quienes hacen documentales de animales: están convencidos de que el planeta sería perfecto si solo estuviese habitado por esas criaturas. Ellas lo harían un lugar vigoroso y esperanzador, y no el músculo exhausto en el que lo hemos convertido los humanos. Qué ingenuidad.

–¿Y dónde están las ballenas? –le pregunto.

Qué prepotencia.

–Según cuándo. En primavera están en Puerto Pirámides, en el sur.

Faltan dos estaciones para la primavera. Muchas hojas por caer.

¿Cuándo se va? ¿Cuánto?

Pienso en León pateando el montoncito de hojas secas: las veo elevarse, aterrizar y crujir como promesas rotas. Veo la cara de Susan, siempre demasiado ensombrecida por otros pensamientos como para advertir las gracias de su hijo.

¿Podré visitar a Axel? Es una pregunta prematura y arriesgada. La dejo ir.

Marah dice que el éxito de una relación se juega en el momento en que uno toma la decisión de incinerar el romance: «No bien lo ves venir, le arrojás un bidón de nafta.» Si llegado ese punto lo dejas seguir, es lo mismo que agarrar el bidón de nafta y tirártelo encima. Y después el fósforo. «Autoinmolación –me instruyó una tarde, acostadas en mi terraza junto al tender atiborrado de ropa húmeda, mirando una nube desplazarse como una ameba gigante–: ese es el nombre científico del amor».

Después de la cena nos mudamos a su cama y ahora miramos una serie que nos aburre a ambos, aunque nadie la apaga. En la serie la gente es bella, exitosa, blanca, educada y rica, pero está triste. Todos, muy tristes. Detesto la tristeza, me parece ampulosa. Estoy más familiarizada con el enojo. Puedo comprender mejor lo que le pasa a Susan y a León que lo que le pasa a Marah. O a mi madre.

¿Y a Axel? ¿Qué le pasa a Axel? ¿Qué me pasa a mí?

Me acuesto de costado y él me imita: nos miramos de frente y nos sale fácil. Como un movimiento vital y no una épica íntima que pocos pueden sostener. Miro mi reflejo en sus ojos, hasta que los cierra. Nos ilumina la luz inestable del televisor. Me gusta mucho Axel, pero temo no leerlo correctamente. No porque haya detectado algo confuso o ilegible, sino porque no lo conozco, ni él a mí. Entre los dos cabe un desierto de incertidumbre. ¿Y si resulta ser un tipo mezquino y controlador? ¿O uno de esos hombres que piropean meseras? ¿Y si se va y no vuelve? ¿Y si se va y vuelve distinto?

Siempre es posible leer la misma situación de manera contraria y no darse cuenta. La primera mañana que me levanté con Axel me dijo que le alegraba mi «aparición», porque últimamente estaba harto. Yo pensé: ¿Harto de qué?, pero como también me sentía bastante harta le dije: «Yo también.» Cuando nos miramos esa vez —desde el mismo ángulo en que nos miramos recién— estoy segura de que ambos nos preguntamos si estaríamos hablando de lo mismo.

—¿Conoces la leyenda del origen de las ballenas? —le digo.

Abre los ojos, despacio:

—No.

—El rey del mar perdió a su mujer en el parto de su hijo. El niño lloraba de hambre y el rey del mar salió a pedirle ayuda al rey de la tierra, que le mandó una manada de vacas que le darían leche al niño a cambio de corales y perlas. Pero la mayoría de las vacas se ahogaron al entrar al mar, eran pesadas, no sabían nadar ni respirar bajo el agua. El rey del mar, desesperado, les cortó las patas para que pesaran menos y les hizo un hueco en el lomo para que pudieran respirar. A las pocas que sobrevivieron les crecieron aletas en lugar de patas, y por el hueco tiraban el agua que tragaban abajo, cuando salían a la superficie.

Axel se ríe:

—¿De dónde sacaste ese invento?

Vuelve a cerrar los ojos. La sonrisa se le queda fijada. Su expresión es la de alguien que se está acordando de un chiste o de un momento feliz. Pero al cabo de unos segundos, aunque su gesto no varía demasiado, parece estar imitando la felicidad y no sintiéndola. Apago el televisor y me doy vuelta. Él hace lo mismo. Nuestras espaldas se tocan. Pienso en la foto de los fetos siameses de Diane Arbus. Me despego. Miro la ventana. Afuera hay un árbol dorado que tapa las fachadas de enfrente. A la noche es una cortina frondosa, en el día es un destello que ciega.

Mi madre está durmiendo en mi cama, en esta misma posición: de cara a la ventana que da a la terraza, que ahora tiene la persiana baja.

Cuando me mudé había querido anular las persianas y poner cortinas de gasa blanca; me gustaba que siempre entrara algo de luz y me gustaba que, al levantarme, pudiese ver el cielo sin demasiada definición. «Poné algo entre el exterior y el interior, nena», me había animado la mujer de la inmobiliaria cuando me entregó las llaves, «algo que te filtre la vista.» Estábamos en mi habitación mirando hacia afuera por el ventanal. Así vacío como estaba, el departamento era de una tosquedad insalvable. El sol rebotaba en la terraza, entraba impiadoso por los vidrios y sobreiluminaba las terminaciones mediocres de adentro, especialmente el pastiche de goma blanca que se formaba en la junta de las paredes y los zócalos. Salvo el piso de pinotea, bastante bien conservado, lo demás era de tercera categoría: los muebles de la cocina y el baño eran de fórmica «símil madera» y en algunas partes se les había levantado la placa formando un globo de aire. Las baldosas de la terraza eran de las más baratas que había en el mercado, pero al ser rojas daban la sensación de que el constructor había previsto ese detalle distintivo para preservar ese espacio de su destino gris. Pensé en un arquitecto, o más bien una arquitecta, aferrada con los dientes a su dignidad estética, tomada por un arrebato en el pasillo del Home Center, eligiendo caprichosamente algo vistoso: «Será barato pero vistoso.» Pensaría que ese guiño equivalía a interponerse en el trayecto de la bala que condenaría su proyecto a una existencia plenamente vulgar. En el futuro algún inquilino como yo entraría al departamento y pensaría: es horrible, pero lo salva la terraza.

–¿Y qué pasó con el niño? –Axel me habla medio dormido.

Me doy vuelta, me encuentro con su espalda.

Me encanta su espalda, suave y continua como una salina, levemente abultada en las escápulas. Una noche le pregunté cómo hacía para tener esa piel. «Es la alimentación», fue su respuesta, asumiendo mi cumplido sin pudor. Pensé: Axel tiene conciencia de su cuerpo y se siente a gusto en él. ¿Qué quiere decir eso? Ni idea. ¿Es bueno o malo? Ni idea. Pero no siempre fue así, me dijo esa noche. Y me contó que de chico le salían granos. En la cara, en los hombros, en la espalda. Cuando alguien lo saludaba con una de esas palmadas fraternas, cómplices, masculinas, le aplastaba los granos y le dolía tanto que se le salían las lágrimas. Un médico le dijo que dejara de comer cierto tipo de grasa presente en cierto tipo de alimentos cuya lista era extensa, pero, por suerte, poco frecuente en sus comidas. Así se convirtió en esa rareza que es un hombre con impecable piel de porcelana. Para Marah, un oxímoron. En mis constantes conversaciones iniciales sobre Axel, ella siempre tenía algo para aportar con el fin de bajarme las expectativas, o sea, para ahorrarme la decepción que, tarde o temprano, me iba a golpear: «Un hombre es una cosa áspera contra la que una se restriega para hacerse más suave, *not much more!*»

–¿Qué niño? –digo.

–El hijo del rey del mar –murmura Axel.

–Vivió y reinó.

Es tardísimo. Caculo las tres, cuatro de la madrugada.

Perdí el sueño. Cierro los ojos y me invento uno: cerca del mediodía me despido de Axel, me subo al taxi y me voy a mi departamento. Cuando abro la puerta me vuelvo a encontrar a Axel sentado en el Chesterfield, conversando con mi madre. Se ríen. «¿Por qué no me dijiste nada?», me dice Axel, divertido, y yo intento contestar, pero mi madre se me adelanta: «No hay nada que decir», sacude la mano, «ya estamos todos, ya estamos bien.» «¿Dónde está Ágata?», pregunto yo, tomada por un presentimiento horrible. Corro a la terraza, me asomo al balcón y la veo estrellada contra la vereda, panza arriba, atravesada por un tajo por el que se escapan decenas de gatitos.

–Por Dios –abro los ojos–, Ágata.

–¿Quién? –pregunta Axel.

No contesto.

12

Son más de las doce. Axel se ofrece a llevarme, pero me niego.

–Quiero tomar aire –le digo, y él alza los antebrazos mostrándome las palmas como quien dice: No seré yo quien me interponga entre el aire y tu nariz.

Antes habíamos tomado mate; me ofreció facturas, pero no quise. Me comí una mandarina, él comió banana y kiwi y una mezcla de semillas que le había preparado su nutricionista. Al final se clavó una medialuna, cuestión que me alivió. Pensé que si esta era la última vez que lo veía, no quería quedarme con la imagen de un tipo que se resiste a los hidratos.

Su plan de hoy es irse a nadar.

Después tendrá una videollamada con los productores del proyecto de las ballenas. Son suizos, o finlandeses. No presté atención cuando lo dijo. En esa reunión se definirán las fechas.

–Ya.

Echo un vistazo alrededor de su casa: el sillón

gris, las escaleras de madera que van a la planta alta, a su cuarto, a su baño lleno de champús con olores cítricos; las ventanas altas con los vidrios empañados; las lámparas de techo blancas, igual las paredes: extrañamente vacías para ser la casa de un fotógrafo. Los cuadros que tiene están apoyados en un rincón del living, encimados unos a otros, algunos todavía envueltos en papel film. Parece que acaban de llegar de una mudanza, o que se los están por llevar. La mayoría son regalos de colegas. «En casa me gusta descansar los ojos», me dijo cuando le pregunté por sus paredes desnudas, «limpiarme el paladar.»

Vuelvo a mirar todo con la misma curiosidad que la primera vez porque tengo la sensación de que podría ser la última. En ese caso, no quiero olvidarme de ningún detalle. ¿Para qué? Para tener a qué aferrarme cuando lo extrañe, pienso, en un rapto de dramatismo.

—¿Cuándo nos vemos? —me dice Axel, alargando una mano para sacarme un pedazo de pelo que me cae por delante del hombro, como si estuviera preparándome para un retrato.

Me pregunto si estará haciendo con mi cara lo mismo que yo estoy haciendo con su casa. Memorizándola.

Imagino que va por su cámara y me toma una foto de la que luego se olvida. Pero un día, limpiando tarjetas de memoria, me encuentra ahí, con la mirada llena de preguntas que nunca formulé. Podían pasar meses antes de que volviera a encontrarse con mi cara. ¿Se puede olvidar una cara en meses? No el conjunto, pero sí los detalles. Recuperar todos los detalles es imposible, es pretender abarcar todas las constelaciones de una galaxia. Cuando volviera a encontrarse con mi cara, me reconocería, claro que sí, pero se sorprendería ante algún rasgo o un gesto al que, a lo mejor, en el momento no le prestó tanta atención. Entonces quizá encontrara la clave de aquello que no le cerraba, que no terminó de captar, que le impidió quedarse conmigo en lugar de irse a filmar ballenas.

¿Qué me falta?, pienso. ¿Por qué no me elige?

—Pronto —le digo.

—¿Cuándo? —insiste, ladeando la cabeza.

Soy una vela que se gasta ante la mirada impasible de otro.

—No sé.

—¿Hablamos más tarde?

—Ok.

Cuando llego al edificio encuentro a León sentado en el escalón de la puerta de entrada. Se lo ve aburrido, o enojado. Lo más probable es que él tampoco pueda decidir cuál de las dos sensaciones lo fastidia más y lo obliga replegarse sobre sí mismo como una de esas plantas que se cierran cuando las tocan. La mujer del transporte escolar camina de un lado a otro por la vereda, el teléfono en la oreja. Supongo que habla con Susan, dice que no puede esperarla tanto tiempo, que tiene otros niños a los cuales repartir.

—Hola —me dice León.

—Hola —contesto—, ¿qué haces acá?

134

León alza los hombros, desentendido.

Qué pregunta más tonta. ¿Qué va a hacer ahí? ¿Cómo puede contestar eso la pobre criatura? Tal como lo hizo: con fingido desinterés.

La mujer del transporte se acerca.

—Esperá un poco, no te pongas nerviosa —le dice al teléfono en un tono que intenta ser tranquilizador pero le sale brusco—. Acá hay una chica que está hablando con León. —Se dirige a mí—: ¿Vos sos la niñera?

La voz de Susan se escucha del otro lado, pero no puedo distinguir sus palabras. La mujer dice: «Ya te paso.» Me da su celular.

En el departamento León se desembaraza de su mochila, de sus zapatos, del buzo y de la campera como si fuera perdiendo capas de piel según avanza. Yo lo sigo, no levanto sus cosas, me quedo mirando cómo caen al piso. Me pregunto dónde está mi madre. La puerta del cuarto está abierta, todo está ordenado y limpio. Voy a la cocina, está vacía. Cuando vuelvo a la sala, piso sin querer el buzo de León, que quedó retorcido en una mueca de susto. León ya está acomodado en el sillón, sentado en posición de indio, con los codos apoyados en las rodillas y la barbilla en las manos. Resopla:

—¿Todavía no tenés televisión?

—No, pero tengo algo mejor. —Abro la puerta corrediza y salgo a la terraza, donde Ágata duerme bajo el sol. León pega un saltó y me sigue. Se abalanza sobre la gata como un galgo sobre una liebre, y Ágata intenta huir, pero León llega antes.

–¡Volviste! –La abraza tan fuerte que Ágata chilla. Al final se rinde y se deja acariciar por el niño, que automáticamente recupera su buen humor, como si su madre nunca lo hubiese olvidado en la vereda.

–Voy a preparar algo para picar. –Entro.

Veo a mi madre asomada en la puerta de la cocina. Su presencia me sobresalta. Ya cortó rodajas de pan, puso mantequilla en la mantequera y sacó el jamón y el queso. También hay un plato con cubitos de bocadillo. Todo dispuesto sobre la mesada.

–Guau –digo.

Me sonríe. El golpe en su cara reapareció. Qué caprichoso. Va y viene cuando quiere. Estiro la mano para tocárselo, es un impulso que no consigo reprimir. Me atrae la turgencia de la piel en el pómulo: estirada, brillante y lisa como el plástico. Ella no se mueve, se deja tocar; cuando mis yemas entran en contacto con su piel es como si tocara mi propia cara, un dolor leve en el hueso que me hace pestañear. En ese pestañeo, que dura segundos, se me agolpan imágenes que transcurren veloces pero nítidas:

Mi hermana tomándome de los hombros, alejándome de esa habitación oscura que miraba al mar y a la tormenta, ruidosa como una ovación. Mi hermana y yo sentadas en un tronco hueco, bajo los plátanos y las palmeras y el caucho que goteaba escupitajos pegajosos, y, encima de todo, la luna: una pincelada brillante en la oscuridad. Mi hermana y yo encandiladas por las luces altas de una camioneta que se acercaba rápido y tocaba fuerte la bocina: «Por fin», decía mi hermana, y me apretaba la mano.

—¡Se fue! —grita León desde afuera.

Salgo y me lo tropiezo en el pasillo, tiene ambos brazos estirados al frente, mostrándome unos arañazos.

—Vamos a lavarte. —Me lo llevo al baño y le lavo los brazos con agua y jabón.

—No le hice nada —dice—, la acaricié y me hizo esto.

—A veces se pone arisca.

—Pero ¿por qué? —insiste con la voz quebrada—, si no le hice nada.

Le pongo un spray desinfectante y se queja del ardor. Busco una gasa y se la doy:

—Sécate.

Obedece en silencio.

Cuando volvemos a la terraza, la mesa está puesta. Un sanduche cortado en triángulos, un bol con tomates cherry, el platito de bocadillos. León mira todo lo que hay con algo de confusión. Mis «picadas» suelen ser más austeras. Le digo que se siente, que busco el agua y regreso. Pero cuando voy entrando, mi madre viene con un vaso de chocolatada. Volvemos juntas a la terraza, nos sentamos. Ella apoya el vaso en la mesa, León lo agarra y se lo empina con gusto.

—Te presento a mi mamá —le digo.

Él deja de tomar, nos mira y se ríe como si le estuviesen haciendo unas cosquillas diabólicas. Vuelve a su vaso y se lo toma en buches lentos y continuos. Yo miro a mi madre con desconcierto, porque ella también se está riendo.

—¿De qué se ríen? —pregunto.

137

Mi madre levanta las manos en un gesto de impotencia como quien dice «yo qué sé».

Enseguida aparece Ágata, parada en la medianera de los vecinos. Trae algo en la boca que deja caer en el piso con un golpe seco y pesado: una paloma gorda, inmensa, que tiembla mientras agoniza.

—Qué asco —dice mi madre, y se apresura a entrar a la casa. Supongo que va por una bolsa para tirar al pájaro muerto, pero tarda en salir.

—No te muevas, no la toques —le digo a León, y entro a la casa, a la cocina. Busco guantes plásticos y una bolsa—. ¿Mamá? —la llamo. Nadie contesta.

Le aterra la gata, qué cosa más absurda. En su casa aparecían serpientes enroscadas en el piso de la ducha. También había una zorra atrapada en el cielo raso que galopaba toda la noche de acá para allá —tacatum, tacatum, tacatum—. «Son los muertos», nos decía la Machi cuando mi hermana, desesperada, tapándose los oídos, le pedía que por favor agarrara la escopeta de Eusebio y le pegara un tiro.

Cuando salgo, León sigue en la mesa y Ágata come de su mano. Engulle un pedazo de bocadillo. Imagino que le va a sentar pésimo y ya me veo más tarde limpiando el vómito. La paloma no está.

—¿Dónde está el pájaro? —le pregunto a León.

—No sé. —Alza los hombros.

—No se puede escapar un pájaro muerto, León, ¿dónde lo pusiste?

Me enojo. Siento que se me calienta la cabeza y quiero sacudir a León para exigirle que devuelva el puto cadáver. Ya bastante me trastocó el día. Resoplo y me acerco a la medianera. Apoyo las manos en el borde superior para impulsarme, saltar y mirar del otro lado. Ahí está. La paloma gorda, muerta, ensangrentada, echada como una plasta en la terraza de Erika. Maldigo todo. La tengo que sacar enseguida para evitarme otra discusión incómoda en el pasillo. Para evitarme una queja en el consorcio o una denuncia en la municipalidad.

Busco una silla, me trepo, paso del otro lado y me pongo los guantes para agarrar a la paloma.

Acá sí que hay plantas. Muchas. Lindas. Las ventanas tienen cortinas con un estampado imperceptible que, sin embargo, le da una trama romántica a lo que hay detrás. La sala y la cocina son un solo espacio amplio. Hay una alfombra rayada de colores vivos, un comedor largo con tapa de mármol y muebles de madera natural, tipo roble, con almohadones amarillo limón y dibujos infantiles enmarcados en las paredes. Un sobrino, pienso. Me acerco a la ventana de la habitación, pego la cara y me hago sombra con las manos para evitar mi reflejo y ver mejor. La cama tiene una colcha tejida color violeta. En las mesas de luz hay unas lámparas de lectura muy bonitas. Las conozco, son italianas. Seguro que las trajeron de algún viaje, porque acá no se consiguen. ¿A qué se dedican Erika y Tomás? Cuatro años viviendo al lado y nunca me lo pregunté. Su casa es preciosa. No se parece a ellos. La puerta del baño se abre y aparece Erika: sus ojos ansiosos enfrentados a los míos. Me echo impulsivamente hacia atrás, corro hasta la medianera, trepo, salto al otro lado y me olvido de la paloma.

13

El parque está lleno de niños, niñeras y cotorras.

León no entendió por qué tuvimos que salir tan apurados a dar un paseo, pero tampoco se resistió. Ahora, acá, se lo ve contento. Hace un rato que juega con una pelota que todavía nadie reclamó. Yo abrazo su mochila. Antes la abrí: hay dos cuadernos –uno azul, otro rojo– y una cartuchera. Hoy usó el cuaderno azul. Puso la fecha y la lección del día:

Lo transparente deja pasar la luz.

Lo opaco no deja pasar la luz.

Lo traslúcido deja pasar un poco de luz.

Tiene una tarea: encontrar y clasificar objetos según esas cualidades.

Empiezo a hacerla en mi cabeza: La ventana es transparente; la persiana es opaca; la cortina de Erika es traslúcida.

Es un parque lindo, a pesar de lo mal llevado. Pero los niños no ven eso, los niños solo ven otros niños, y se miden y se acercan y se huelen como los perros en las plazas. Incluso si no entran en contacto, si no juegan, si ni siquiera se hablan, hay algo en el gesto de rodearse de otros niños que les hace bien y les cambia el ánimo.

El celular me vibró cuatro veces. Es un número desconocido y no contesto. Puede ser Erika, Máximo, Susan. Puede ser mi madre, también.

León patea la pelota lejos y corre detrás. Espanta unos pájaros, que levantan vuelo. Tengo que pararme y seguirlo. Corre tan rápido que me obliga a trotar para alcanzarlo.

—Más despacio —le digo cuando estoy a su lado.

Dice okey, pero no desacelera. Alcanza la pelota y sigue pateando, ahora contra un paredón al final del parque que tiene dibujada una araña gigante sobre una lluvia de colores. Vuelvo a sentarme en otro banco desde el que veo a León de espaldas y a la araña de frente.

Para este momento Axel ya debe tener claro su panorama con las ballenas. Si no me ha llamado para comunicármelo es porque no le parece que corresponde ponerme al tanto. Acaso, ¿quién me creo que soy? El pedazo de carne que ha estado masticando estos meses —*not much more*—. Y él, ¿quién mierda se cree que es? En todo este tiempo estuve tan absorta sintiéndome mirada por Axel, que a él mismo lo perdí de vista. A lo mejor, Axel solo miraba el vacío. La capacidad de autoengaño es infinita. Estoy enojada y herida como una víctima de estupro. Últimamente me enojo fácil. «Últimamente» es un lapso confuso en el que caben varias irrupciones. Hasta hace poco mi vida era un vehículo pequeño que circulaba por un carril más o menos seguro. Ahora se siente como un camión que puede derrapar en cualquier momento.

Eloy. También puede ser Eloy el que llama por teléfono. Mañana vence el plazo del texto de la vaca feliz.

Mi trabajo es horrible.

—¡León! —grito. El niño no me hace el menor caso. Así que grito más fuerte y varias cabezas se voltean a mirarme con ojos de pánico. León camina en mi dirección, la mirada en el piso, avergonzado. Horrorizado, quizá. Sus pasos son cortos pero rápidos. Lo tomo fuerte de la mano y me pregunto si, efectivamente, habrá sido él quien tiró la paloma muerta del otro lado. Lo acusé sin darle tiempo a defenderse. Le apunté con el dedo y lo increpé como si no fuese un hijo ajeno; el hijo de alguien con una sensibilidad tan quebradiza. Después lo apuré para ponerse el buzo y salir del departamento antes que Erika. El ascensor estaba en el seis, así que bajamos un tramo corriendo por la escalera y luego lo tomamos. Huimos en silencio, como delincuentes. Ahora recuerdo su mirada extrañada y me entra la duda.

Si no fue él, fue mi madre.

—Vamos, rápido —le digo ahora—, tenemos que volver.

Lo mismo que la rata. Pero ¿en qué momento? ¿Por qué?

León murmura algo que no entiendo.

—No te entiendo —le digo.

142

Él repite esa frase incomprensible con los ojos todavía clavados en el piso, cuestión que me enfurece más. Maldigo a Susan por ponerme en esta situación. Revivo sus ruegos histéricos por teléfono, su timbre exacerbado en mi oído. Aprieto la mano de León y acelero el paso. Si no te puedes hacer cargo de tu hijo, «pichona», no lo tengas.

—¡Soltame! —grita León, y se zafa.

Ya estamos afuera del parque, por cruzar la calle en cuanto cambie el semáforo. Lo miro. Está llorando. En su pantalón hay una mancha de orín que desciende hasta la bota y gotea.

—Te lo dije, yo te lo dije —repite—, pero no me escuchaste.

Me agacho, lo abrazo fuerte. Tengo ganas de llorar con él y eso hago. Nos aferramos el uno al otro, porque no hay nadie más. Nos hacemos un bulto quieto al que la gente esquiva con molestia, un mojón mal puesto en una esquina rabiosa, un quiste apretado en la circulación aturdida de la ciudad. Tres metáforas pobres que, encima, lloran con un desconsuelo que no se condice con el incidente. Me dan ganas de explicarle eso a León, que lo bueno del llanto es que arrasa con pesares atorados que nunca son los del momento, sino otros: se llora por lo pasado y por lo que ni siquiera sabemos que va a pasar. Y cuanto más intenso es nuestro llanto, más poderosa es la corriente que se lleva todo por delante. Por eso no lo reprimo. Lloramos con ganas y sin vergüenza. Nos tragamos un río y ahora hay que expulsarlo para quitarnos el mal sabor, para deshincharnos y curarnos. El semáforo cambia tres veces hasta que podemos levantarnos y seguir adelante.

–Estuve un rato largo dándole golpes a tu puerta –dice Susan, con los brazos cruzados en un gesto acusatorio–. Por poco la derribo.

Estamos en su departamento. León entró sin saludarla, se sentó en un sofá descolorido y prendió la televisión. Susan no tiene terraza, pero su sala es más grande. Huele a desinfectante. Hay algunos adornos puestos sin esmero: un buda de plástico, un servilletero vacío, el gato dorado que saluda. Hay una mesa baja llena de sobres con facturas, crayones gastados y una taza de té servida con cerveza.

Que se asustó mucho, dice. Porque no le contestaba el celular, ni le abría la puerta, siendo que se escuchaban ruidos adentro.

–Es el viento –le digo–, salimos rápido y dejé las ventanas abiertas.

Mira a León de reojo, sumergido en la pantalla. La mancha está seca pero visible.

–¿Qué es eso en el pantalón de León? –susurra–. ¿Acaso es...?

No termina.

–Yo tengo que irme –le digo.

–¿Y esos arañazos en los brazos? –sigue.

Me sorprende que en cinco segundos haya escaneado al hijo con tanto detalle. Solo por afuera, pienso. Así cualquiera. Tu hijo tiene tarea de Lengua, Susan: eso es más de lo que tú sabes. Te gané. Me dan ganas de decirle que el niño lloró diez minutos seguidos porque ella lo abandonó con una extraña.

—La gata lo arañó —me encamino a la puerta—, dile a él que te cuente.

—Pero ¿está todo bien? —insiste. Me agarra del brazo para retenerme. Me suelto, me enojo. ¿Cómo «todo bien»? ¿Justo ella me pregunta eso? ¿No tiene suficientes indicios de lo contrario? Respiro. Intento retener el conjunto de lo que veo:

La mueca en su cara de molestia constante.

Las raíces negras en su pelo rubio.

La ropa gastada y áspera.

Los ojos demasiado hundidos como para tomarse la molestia de rescatarlos.

El niño al fondo, como una mancha en su vida.

—Me tengo que ir —repito.

Salgo rápido para no cruzarme con Erika. La imagino haciéndome la cacería en el pasillo, en el ascensor, en el hall del edificio. Camino varias cuadras, me meto en un bar y pido un agua. No traje más que un billete de cien pesos en el bolsillo. El agua me baja por la garganta y, sin que medie otro órgano, se instala en mi vejiga. Ahora tengo que ir al baño. Voy, me siento en el inodoro. Mi orín tiene un olor fuerte, como si hubiese comido espárragos. No, huele a pasiflora. Pido la cuenta y pago. Quiero quedarme un rato más, pero me da vergüenza no consumir. Percibo la reprobación en la mirada de los otros: ahí llegó otra inmigrante a robar calefacción. Me voy.

Al principio, cuando llegué, robaba abiertamente. Entraba a un bar para entibiarme y cuando el mesero se acercaba, yo juntaba las palmas y le decía: «No tengo un peso, tengo frío, me voy en cinco.» Era un ruego camuflado en mi voz amable y en mi aspecto, que no era el de una vagabunda. Así que me dejaban quedarme y muchas veces me regalaban una bebida caliente, un churro, una medialuna. «Solo porque sos linda», me dijo una vez un mesero, guiñándome un ojo. Luego me trajo una cerveza, un platito de aceitunas y una servilleta con su número anotado. Lo guardé durante meses. Él sí que era lindo. Muy. Pero no lo llamé. Una de mis taras de crianza era la imposibilidad de mezclarme con la clase obrera. Ese mesero tenía mejor sueldo y mejores genes que yo –siguiendo el criterio que fundamentaba mis taras de infancia–, pero era mesero. En un arrebato por permitírmelo, le había preguntado si estudiaba o si hacía algo, además de limpiar mesas –sí, claro, hago cuadros, esculturas, poesía, cirugías, softwares, documentales, implantes cocleares–. No, nada, este era un trabajo *full time* –su tono era victorioso–, pero tenía franco los lunes. Y volvió a guiñarme el ojo.

Camino hacia el edificio, pero no quiero llegar, me siento en un banco y pienso que ya he estado acá. No en este banco, sino en este trance. El trance de la futilidad. Me miro de afuera y es como estar sentada frente a una vida que ya viví. Reconozco todo, pero no hay nostalgia. Solo fastidio. Y siento una soga amarrada a la espalda que me tironea. No me va a llevar a ningún paraíso, lo sé, porque ya otras veces me he dejado arrastrar. La soga es el deseo de escapar de lo que conozco, el deseo de perderme. Pero la persona

146

que soy me termina alcanzando, porque discrepa de mis impulsos. ¿Y qué hace? Tira de la soga en sentido contrario y me vuelve a aplastar acá, en este banco.

Me arrepiento de tantas cosas que la sola enumeración se me apelmaza en la frente y me impide pensar. Me arrepiento de haber aceptado el encargo de la vaca, de haberme comprometido con la postulación de la beca, de haber permitido que me endilgaran a una gata necrófila. Me arrepiento de haber conocido a Axel, me arrepiento de haberme enamorado de Axel. Me arrepiento de no haber sido tajante con Susan: ustedes no entran en mi vida, ni en mi casa, ni siquiera en mi sillón. De lo que más me arrepiento es de no haber frenado a mi hermana con su letanía de encomiendas: si repaso todas las cajas que me ha enviado, es fácil darse cuenta de que me estaba preparando para esta última, la del golpe de gracia.

Imagino a mi madre preocupada, esperándome en el departamento. Su bata de dormir ya puesta, deslizando las chancletas de acá para allá. A veces, sus pasos suenan como la mano que acaricia una cabeza adolorida: «Sh, sh, sh, ya va a pasar.» Otras veces son serpientes que se arrastran en manada.

Cuando vuelva al departamento mi madre tendrá mil años, pienso.

Yo también. En estas horas envejecí siglos.

Abro la puerta, procuro no hacer ruido. Me guardo las llaves en la chaqueta y no me la saco. La puerta de mi habitación está abierta y la cama está hecha. Reviso el departamento con pasos livianos y lo encuentro vacío.

¿Dónde no busqué?

Se me ocurre algo: entro a la cocina, sigo de largo hasta el lavadero. La caja está armada, sus seis paneles vueltos a encastrar, apretada en el medio de esa pequeñísima habitación húmeda. El lavadero no tiene ventanas, solo unas aberturas rectangulares en la pared para ventilar. Entra una luz entrecortada y dibuja unas franjas de claros y sombras sobre la superficie de la caja. Si estuviera en un museo, podría ser una de esas instalaciones bellas por su simpleza, arbitrarias en su significado y convincentes en su carácter evocativo.

Empuño la mano. Le doy un par de golpes con los nudillos a la caja:

—¿Mamá?

El silencio posterior me acelera el pulso.

—¿Sí? —contesta—, acá estoy, nena.

Aparece a mis espaldas, en la cocina, mirándome con cierta confusión. Su bata, sus chancletas, sus mil años: todo puesto.

—¿Qué haces hablándole a esa caja?

14

Me despierto extrañando a Marah.

La recuerdo echada en el piso de la sala, las piernas elevadas para mejorar la circulación, hablándome de la inutilidad de la vida práctica y de la necesidad de alimentar la vida interior con teoría sociológica y esos libros lánguidos de prosa poética que tanto le gustan porque, dice, «prefiere la literatura sin argumento», como si eso fuera posible. Y a veces meditación, a veces vegetales, siempre sicoanálisis. Elecciones disfrazadas de una suerte de despojo programático, pero que, en verdad, son megacapitalistas.

Quizá no extraño a Marah, sino el hecho de poder hablar con alguien sin la ambición de llegar a una conclusión. Soltar una línea de diálogo y seguirla con otra y otra, hasta que alguna se canse o se irrite. Marah es taxativa. Sus frases son mandamientos tallados en piedra. Sus preguntas y respuestas —que en general se hace a sí misma— parecen eslóganes: ¿qué es la civilización? Transformar materias primas. ¿Para mejor?

No siempre. ¿Entonces para qué? Para que sirvan. Cuando estoy con ella, yo también soy taxativa. Lo que nos salva, supongo, es que además de taxativas somos inconducentes.

A veces la maltrato, y ella a mí. A veces pienso que quizá nos queremos, pero en el fondo no nos caemos tan bien. Después de nuestra última discusión se fue ofendida. Era tarde, dijo que volvería caminando hasta su casa. Probablemente esperaba que la invitara a quedarse, que le recordara que la ciudad estaba llena de violadores. O que la invitara a hacer algo que nos reparara sin exponernos demasiado. Teníamos antídotos. Mirar *Friends,* por ejemplo. Ocho, diez capítulos continuos bastaban para cambiarnos el signo. Más no, más era intolerable. Lo que hice fue preguntarle por qué siempre venía ella a mi casa que era tanto más fea que la suya. Hacía mucho que quería preguntarle eso. Marah era rica, al menos en mis parámetros. Vivía en un palacete de techos altísimos, insólitamente bien calefaccionado. Tenía una empleada a quien podía pedirle lo que quisiera, a cualquier hora: desde prepararle el mate –o una paella valenciana– hasta alcanzarle el pastillero donde guardaba el ácido. La noche en que discutimos, Marah estaba sentada en el Chesterfield: las rodillas dobladas contra el pecho, el mentón apoyado sobre las rodillas. Y estando ahí miró el piso, como si esperara que alguien le soplara la respuesta desde abajo. Le pregunté si no tenía más amigas aparte de mí.

–Claro que tengo, ¿y vos?

Me acordé de Julia. Mi primera amiga cuando

llegué a Buenos Aires. Programaba recitales en un teatro de Boedo. Todas las noches salíamos, la pasábamos muy bien. Rara vez la vi de día. Vivía en un departamento antiguo, frente a una iglesia. Uno se asomaba a su balcón y se encontraba con una cúpula impresionante. Una noche, en una fiesta en su casa, un tipo la acostó en la mesa de comedor todavía servida con platos de sobras y copas vacías; le sacó los zapatos y le chupó los dedos de los pies, uno por uno. Yo estaba en una silla desde donde veía la mesa en primer plano, y detrás el balcón, y detrás la cúpula con la luna a un costado.

–Creo que no –le dije.

Lo de los dedos no me impresionó en sí mismo, pero vaya a saber por qué me llevó a pensar en un par de madrugadas atrás: estábamos cerrando el teatro y Julia me pidió que la ayudara a poner la tranquera de hierro pesado, porque estaba muy adolorida. ¿Por qué? Porque se había hecho un aborto. «No pensé que doliera», contesté rápidamente. Quise evitar que ese espacio entre frases se llenara de silencio. «Todo lo que pasa por el cuerpo duele», dijo ella con una expresión sufrida que liquidó la charla.

Podría haberle dicho algo amable, ni siquiera comprometido o solidario, solo amable. No lo hice porque cuando alguien manifiesta que está mal, que padece un dolor ponderable, adquiere una corporeidad que me asusta. Entiendo que todos cargamos con el peso de tener un cuerpo, pero en general me olvido de él: cuando alguna circunstancia ajena a mi voluntad me obliga a imaginar un cuerpo por dentro –la saliva, la sangre,

151

los ovarios inflamados, los intestinos embutidos de alimento descompuesto–, mi respuesta es contraerme.

–¿Por qué sos mi amiga? –me preguntó Marah.

Le dije que no sabía. Y mientras lo decía pensaba que Marah no era real; ni nuestras charlas ni nuestras peleas ni nuestra amistad eran reales. Julia era real, tenía un trabajo real, le pasaban cosas reales. En la vida y en el cuerpo. Dejé de verla por un tema de horarios, eso le dije. Alguna vez debería llamarla. Pero entonces tendría que explicarle. Me sirven las amigas como Marah y no como Julia. No puedo permitirme el volumen que ocupa una persona afectada por asuntos serios, problemas de dinero, dolencias de salud. No sabría qué hacer con ella. La terminaría abandonando como a las plantas que no planté en mi terraza. Se marchitaría en mis manos. Hay gente –mi hermana, por ejemplo– que tiene la vocación de sostener relaciones, cuanto más endebles mejor: sienten que pueden salvarlas. He visto montones de personas excitadas ante la idea de ser el sostén de otro, no les tiembla el pulso ante la necesidad ajena, ante la enfermedad o el duelo. Es una convicción soberbia. Son esas mismas personas las que después se ufanan de su entrega y exigen ser compensadas, pero no hay nada en el mundo que pueda compensarlas.

–Bueno, si no tenés una respuesta –dijo Marah–, quizá deberías replantearte algunas cosas...

Le contesté algo completamente vaporoso, algo para comprar tiempo. O silencio.

–Supongo que me sirve ese tipo de lealtad que nace de la miseria de otro –le dije.

—¿Ah?

—Sí, supongo que si fueras alguien bondadoso no serías mi amiga. No sé cómo retribuir la bondad. A la miseria, en cambio, uno se acostumbra.

Ella se levantó con ademanes delicados, simulando serenidad. Se abrigó y se fue. A la mañana siguiente me mandó un mensaje: «Una amiga es alguien que te quiere lo suficiente para señalarte tus defectos.» Otro puto eslogan. Después: «Vos estás perdida, pero ese no es tu defecto. Tu defecto es que sos una mierda de persona.»

Mi madre ya se levantó. Hace un rato la escuché subir la persiana de mi habitación. Es una persiana de madera pesada, hace un ruido que detesto. Cuando se abre una persiana –la mía, la de un vecino– significa que otra vez amaneció, y eso rara vez me entusiasma. El entusiasmo por hacer cosas como escribir, comer, o incluso bañarme y ver personas, me llega después del mediodía.

En el teléfono tengo seis llamadas de Eloy y dos de Axel. Las de Axel son de anoche. Las de Eloy, de esta mañana muy temprano.

A la madrugada terminé el texto de la vaca. Es un parlamento de la vaca misma, hablando de su muerte plácida. Su voz en off se dirige al espectador, mientras ella se pasea por una pradera hecha en posproducción –la vaca, en realidad, estará encerrada en un estudio de paredes azules.

Nunca sé si un texto va a funcionar. Depende del

capricho del cliente. Depende del nivel de persuasión de Eloy. Del grado de hinchazón de su cara, supongo.

Mi trabajo es volátil.

Le mando un mensaje a Marah. Corto y al punto. Espero una respuesta similar, pero no llega.

Las persianas de la sala están todavía bajas. La poca luz que entra viene del pasillo que va a la cocina y de la rendija de la puerta de la habitación. Alcanzo a ver un sobre tirado en el piso, Máximo debió deslizarlo anoche por debajo de la puerta. Se trasluce la estampilla de un crucero. Es una postal de mi hermana, seguramente. Tengo varias que me ha ido mandando a lo largo de los años, de los viajes que ha hecho con la familia. Es la típica foto de fin de viaje que te ofrecen las agencias de turismo: te la toman los primeros días de las vacaciones, cuando ya perdiste la palidez pero aún no estás tan estropeado por el sol. En ese momento eliges cuántas vas a llevar y das la dirección de aquellos a quienes quieres enviarles una copia. El resultado es que muchas veces yo recibo la postal de su viaje antes que ella.

Puedo adivinar la foto que hay adentro del sobre: la familia de mi hermana en primer plano y al fondo alguna playa del Caribe o una piscina que se desborda sobre el mar abierto, azulísimo y brillante. Los niños y el marido deben estar bronceados, efectivamente, pero mi hermana no. Para ella el desafío es mantenerse blanca y cremosa. También está flácida, pero eso es secundario. Otras mujeres juzgan irrecuperables sus cuerpos caídos. He visto esa mirada que mezcla vergüenza, tristeza y resignación: soy un pueblo abandonado, tierra de nadie. Mi hermana no. Nunca vi a alguien más feliz con su propio cuerpo. Cada pliegue, cada gramo de más lo recibe como un premio por haber llegado hasta ahí. Mi hermana es próspera, exuberante y vital. Claro que hace dietas y tratamientos, pero no se latiga al momento de medir los resultados. Al contrario, mi hermana se celebra. Siempre y cuando su piel se mantenga blanca. Y así se mantiene: a punta de bloqueadores factor 100, sombreros, sombrillas, sombra y una batería de cremas humectantes. De chicas, cuando nos mirábamos juntas en el espejo –hacíamos eso para examinarnos, para encontrar huellas de nuestra filiación–, mi hermana me decía: «Somos *Ebony and Ivory.*» Y eso le daba alegría y culpa. Lo segundo le duraba poco porque, en compensación, me decía, yo era flaca como una garza, mi pelo era liso como el de una india y, con la ropa adecuada, daba el casting perfecto para interpretar a la típica latina en Hollywood.

La madre les cuenta historias a las hijas, pero solo cuando están dormidas. Le parece que de ese modo les quedarán en el inconsciente, que es donde mejor se guardan las cosas. Es como si les diera de comer en secreto alimentos que, de saberlo, las hijas jamás se meterían en la boca. Les cuenta leyendas, le gusta enseñarles sobre el origen de las cosas. A veces quiere contarles sobre su propio origen y dice: «Les voy a contar nuestra historia. Es una historia hermosa pero confusa, porque no tiene un orden, y no sé muy bien por dónde empezar.» Ahí se queda callada tratando de organizar sus ideas, pero no lo consigue. «Mejor les cuento sobre el origen de las ballenas: el rey del mar perdió a su mujer en el parto de su hijo...»

Es viernes. Hace una semana a esta hora estaba haciendo planes para la noche con Axel. Habíamos decidido ver una película. El cine queda cerca de mi casa, así que pasaríamos la noche acá. Al final no ocurrió lo de la película porque el cine estaba muy lleno y nosotros algo fóbicos. Lo de pasar la noche acá ya no recuerdo por qué no se concretó. Sí recuerdo una conversación en la terraza sobre algo difuso, relacionado con las redes sociales, que ni Axel ni yo usábamos. Hubo una frase que se quedó atascada en alguna parte del paisaje –las ramas del plátano, los floripondios de Erika, las juntas mugrientas de la terraza–, porque fue justo cuando vimos a la pareja de enfrente yéndose con el bebé dormido dentro del huevo.

¿Cuál fue la frase? Tenía que ver con la tendencia a construirse un mundo poblado por gente que piensa como uno. ¿Y para qué? Para reforzar las opiniones propias y tornarse extremos. «Cada cual en su isla, encapsulado en su ideología», algo así dijo Axel. «Incapaz de..., no digo de aceptar, ni de comprender la diferencia, sino de convivir con la diferencia», eso, también. Yo estuve de acuerdo, pero se me dio por poner a prueba su razonamiento, vaya a saber con qué fin. Me pregunté si encapsularnos no era lo que hacíamos todos, desde siempre, tuviéramos o no Twitter. Él y yo, por ejemplo, permaneceríamos juntos o no según nuestro grado de cohesión, o sea, de afinidad. Cualquier relación se sostenía bajo un sistema de creencias, no idéntico pero sí muy similar. ¿No era eso lo que buscábamos? ¿Rodearnos de paredes mullidas que al rozarlas no nos hicieran daño? Procurarnos un buen adentro, porque el afuera es amenazante. Si en las paredes germinaran agujas, nos alejaríamos de ellas, buscaríamos la seguridad del centro para no tocarlas.

Agujas, pienso ahora, eso fuimos mi hermana y yo para mi madre.

¿Y ella qué fue para nosotras? Un eclipse.

A lo mejor esa noche, hace una semana, se desvió el eje que nos mantenía unidos a Axel y a mí. No mucho, alcanzaba con un giro menor. Como cuando ocurren terremotos en un extremo del planeta que varían la posición de la Tierra en unos grados insignificantes que, sin embargo, alcanzan para acortar los días y alargar las noches en el resto del mundo. Ahora me parece bastante claro: mientras mirábamos irse a la pareja de enfrente, dejando su estela de luces encendidas, apareció nuestro disenso. Axel, ante mi creciente mutismo (que no era síntoma de desinterés, sino de cavilaciones), me preguntó por algo que se pregunta por default cuando se está conociendo a alguien. Quiero decir, no fue una pregunta estrambótica. Mi historia, Axel quería saber mi historia. Mi origen. Mi raíz. Mi razón de ser. Repasé en la cabeza mis teorías espesas sobre el parentesco y me resultaron irreproducibles. Me vi buscando explicaciones simples para exponer un teorema sin comprobación. Desistí, no tenía sentido arrastrarlo a la maleza.

El sonido de la ducha suele ser intermitente. Cambia según la superficie con la que choque el chorro de agua. La bañera, el brazo, los hombros, la cabeza, la nuca, los pies. Pero en el caso de mi madre noto que se mantiene invariable, como si el agua pegara siempre contra una misma superficie rocosa. La imagino acuclillada, recibiendo el impacto en la espalda.

Le dije a Axel que otro día le contaba «mi historia», pero que esa noche no tenía ganas. Y ahí seguimos un rato más, contemplando el mismo paisaje de antes, solo que ya no parecía el mismo porque él sintió que debía intervenirlo y con eso lo modificó.

Así que fue eso, entonces.

Axel, con o sin conciencia, plantó algo en mi cabeza. Su mano me agarró del pescuezo, me llevó ante una criatura gigante que yo había decidido pasar por alto, y me puso de rodillas: vamos, mírala bien, experimenta los sentimientos apropiados.

—Qué oscuro que está acá. —Mi madre sale del cuarto y levanta la persiana de la sala. La claridad se va extendiendo por el piso a medida que la persiana se eleva. Entrecierro los ojos para evitar el primer golpe frontal del sol, un pinchazo en el entrecejo. Cuando la persiana está a punto de llegar al tope mi madre suelta la cuerda y se lleva las manos a la boca. La paloma muerta nos mira desde afuera, barnizada con su propia sangre, oscura y gruesa como una costra.

Corro a vomitar, pero no tengo nada en el estómago.

Entro en la ducha, abro el grifo, me acuclillo, dejo que el agua me golpee.

Mi madre me espera en la sala, lista para salir: pantalón, sweater, el chal que la envuelve. Tiene una bolsa en la mano, adentro está la paloma. Salimos. El pasillo está helado, el ascensor también. Es extraño no cruzarse con nadie a esta hora de la mañana. Es extraño que una señora que dice ser mi madre me tome del codo y dirija mis pasos. Abajo, mi madre tira la bolsa en el contenedor de basura que está cruzando la calle. Vuelve a tomarme del codo y avanzamos. La brisa en la cara me hace bien. Estoy mareada porque no comí. Me doy vuelta antes de doblar en la esquina para ver si Máximo salió a barrer, o si hay alguien en la entrada del edificio. Nadie. Es una cuadra vacía, alfombrada de hojas marrones.

—¿Adónde vamos? —le pregunto cuando llevamos varias cuadras caminadas y ella sigue avanzando.

—Allá —señala al frente, hacia el edificio en obra que se ve desde mi balcón—, quiero verlo de cerca.

Miro su perfil. Tiene las raíces del pelo blancas. Hay arrugas que no había visto en su piel finísima. Camino junto al futuro de mí misma.

El edificio está cerrado, como siempre. Una cinta amarilla abraza su perímetro. Los vidrios, forrados por dentro con un papel oscuro, me devuelven mi reflejo y al verme allí pienso en la continuidad de los cuerpos de otros en el mío. Veo los rasgos de mi madre fundidos en mi cara, y el mentón afilado de mi abuela, y esa pequeña marca al final de la ceja que podría ser una cicatriz, solo que también la tiene mi hermana. Un tajo misterioso sin origen ni relato. Cuando le preguntaba a mi hermana por la historia de esa cicatriz gemela, sacudía la cabeza: «De eso no sé nada.» El viento se hace más frío. Miro hacia arriba, hacia lo alto del edificio. Me gusta mucho esta obra inacabada. Me recuerda el tamaño de la ambición humana. Y de la locura, también. Como entrar a una catedral renacentista y mirar el techo para constatar nuestra pequeñez. Imagino que, si el edificio cae y me aplasta, algo de todas las personas que me habitan morirá conmigo. Cuando alguien deja de existir se lleva un pedazo de uno, un pedazo material, concreto, no solo un cúmulo de memorias. Y cuando alguien nace estrena rasgos viejos, viene con una carga de pasado que será siempre más grande que su futuro. Eso es engendrar, desprenderse de un trozo de materia y de historia, entregarlo al mundo para que no se pudra contigo. La resistencia a extinguirse. El empeño en perpetuarse. Un deseo mezquino y narcisista. Muchos días, mi deseo es que el viento me arrase como polvo. Desaparecer. Es lo que he estado haciendo, de todas formas. Alejarme, desleírme. Las poquísimas veces que me crucé con gente de mi pasado —de mi infancia, de mi adolescencia, de mi ciudad—, pude notar la extrañeza en su mirada, en el tono de voz, como si estuviesen frente a un fantasma: «Desapareciste», me dicen, aunque es obvio que no, que acá sigo, atrapada en el mismo envase. La expresión de los otros nunca es grata, es como si saberme lejos les diera la certeza de que estoy bien, pero al verme de vuelta no pueden evitar pensar que algo salió mal. Volver, casi siempre, es fracasar.

Hay días en que quiero desaparecer tras un último suspiro de cansancio. Pero el alivio se desvanece cuando pienso que habré pasado por el mundo sin nada a que aferrarme. A quién podría dejarle un mensaje, una rendición, una disculpa. ¿Quién haría un juicio en mi contra?

15

—¿Te acuerdas de que íbamos a hacer una piscina?

—Pero ocupaba demasiado lugar en el jardín.

—Me habría gustado tener una piscina.

—Bueno, perdón.

—¿Qué habrá sido de Eusebio?

—... tenías un mar infinito bajando el barranco.

—Lleno de bichos que agonizaban.

—Era por las algas, eran venenosas.

—Es raro que no sepas nada de Eusebio y de la Machi.

—De la Machi sí, ella se quedó conmigo hasta que murió.

—¿Murió la Machi?

—Atorada con un hueso, ¿puedes creer?

—Dios.

—Como un perro.

—¿Tuvo hijos la Machi?

—Como mil.

—¿Y dónde están?

–No tengo idea, nena.

La noche es una caja cerrada. Hace dos horas que no levanto cabeza. La cena me cayó muy mal. Todo me enferma. Mi cuerpo se comporta de formas extrañas estos días. Quizá mi estómago ya no está acostumbrado a esa comida. Mi madre y yo estamos en la terraza; nos rodea una cápsula invisible de paredes gruesas que amortigua los sonidos que vienen de la calle y los transforma en un rumor molesto. Pienso: Esto es un sueño o una resaca. Tengo frío. Una frazada me cubre los hombros y otra las piernas. Mi madre solo tiene el chal en los hombros: le cae solemne, como la capa de una diosa. Si no me muevo el malestar se aquieta. Con la misma frazada de los hombros improviso una almohada en el respaldo de la silla y apoyo la nuca. Ninguna estrella. El mismo cielo hondo, sin esquinas. Desde esta silla ya he visto morir varios veranos y nacer otoños fríos y grises.

–La lámpara de la sala está rota, nena.

–Ya sé.

La casa de mi madre tenía pocos muebles. Algunas partes del piso de cemento se habían levantado por las raíces que pasaban por debajo y en algunos rincones había plantas rastreras trepando la pared. Todo crujía. La humedad hinchaba y deshinchaba la madera. Mi tía decía que las casas eran como las mujeres: apenas se casaban eran lindas y limpias, pero después las usaban, llegaban los chicos y las arruinaban, las ensuciaban, las desvencijaban y ya no había vuelta atrás.

163

O sea: estrenar un cuerpo o una casa es inaugurar su deterioro.

El deterioro, pienso ahora, es una instancia superior de la materia porque quiere decir que algo floreció en ella. Solo aquello que dio fruto se pudre.

En esa casa había ecos: del viento sacudiendo los árboles, de la lluvia golpeando los vidrios, de alguien llorando en un baño, de la zorra en el techo. Dos veces intentamos envenenar a la zorra y no funcionó. Se comía la carne cruda que le dejábamos, lamía el plato, pero no moría. Quizá el veneno estaba vencido. Una vez Eusebio se asomó al cielo raso por la escotilla y la sorprendió con el hocico en el plato: estiró los brazos con cuidado y cuando estuvo bien cerca la agarró fuerte por el cuello y la sacó. La zorra gritaba y daba zarpazos tan violentos que Eusebio se resbaló de la escalera aferrado al animal. La zorra cayó de panza contra el piso, con un golpe tan fuerte que vomitó sangre. Pensamos que se había reventado por dentro. Pero cuando Eusebio la soltó, creído de haberle ganado, la zorra le saltó encima y le arañó la cara y le dejó unos tajos vivos que dolían de mirarlos. Después trepó por la escalera y se lanzó por la escotilla de vuelta al cielo raso.

—¿Nunca aprendiste a matar animales? —le pregunto a mi madre.

No contesta. No insisto. Cierro los ojos.

Después de la cena mi madre me convenció de tomar tres cucharadas soperas de pasiflora. «Ya verás como te apaga», me dijo.

164

Antes de la cena recibí un mensaje del chat del edificio, Carla convocaba a una reunión a la mañana siguiente. Reunirse un sábado era muy inusual. Así de enojada estaba Erika. El asunto decía: «Varios 7B».

También recibí un mensaje de Marah: intentaría pasar mañana a la noche.

Quiero proyectar nuestro encuentro. Quiero abstenerme de pelear. Planeo sostener el rato con tareas pequeñas: poner la pava, pelar naranjas, escucharla sin intervenir. Escuchar es una muestra de hospitalidad: cedo el aire disponible en mi casa para que circulen tus palabras. Mientras tanto hago cosas. Hacer cosas es fácil. Cuando uno hace cosas así, de modo irreflexivo, no requiere respuestas sino reacciones. ¿Mate? Sí. ¿Azúcar? Dale. ¿Sillón o terraza? Terraza. Dan miedo todas las cosas que pueden hacerse de modo irreflexivo. Comer, beber, matar, vivir.

Otras personas resuelven sus problemas empujando los extremos hacia el medio para intentar eliminar la brecha de la incomprensión. Ahí, en el medio, acomodan dos sillas y se sientan a charlar. En realidad, le llaman «dialogar». Pero la brecha nunca se cierra del todo, queda siempre un aire, una fisura pequeña aunque expansible. Cada persona es un núcleo enmarcado por brechas de incomprensión. Incluso quienes más cerca se sienten están separados por ese borde delgado pero profundo. Nadie está tan cerca de nadie. Nadie puede ignorar el abismo que lo aísla del resto.

Marah y yo pasamos por alto el abismo, fingimos no verlo y a veces resulta. Otras veces la una arrastra a la otra hasta un borde peligroso en el que no solo puede ver el hueco sino sentir el vértigo.

—Anda a dormir. —La mano de mi madre sobre mi hombro se siente enorme y pesada. Abro los ojos despacio. Veo su cara demasiado cerca.

Axel no me llamó en todo el día.

—¿Viste hoy a la gata? —le pregunto mientras me levanto de la silla con la motricidad de una anciana. No contesta o no la escucho.

A la tarde le dejé a Ágata un bol de comida. Lo puse acá mismo, en la terraza, pero ya no lo veo. No tenía alimento concentrado, así que junté sobras. Pensé que, si le daba más comida, dejaría de traerme cadáveres.

—Yo no tengo miedo —digo, no sé a cuento de qué.

A cuento de la pasiflora.

Mi madre me toma del brazo, me acompaña a la habitación.

—¿Tendría que tener miedo?

—No, no, nada de eso —me dice, dándome palmaditas en la espalda.

—¿Me vas a decir lo que viniste a decirme?

—Claro que sí.

—¿Cuándo?

—Es una historia hermosa.

—Pero ¿cuándo?

—Aunque un poco confusa.

—¿Por...?

—Pero en el fondo es muy simple.

—¿En el fondo de qué?

Mi madre me ayuda a sentarme en la cama. Apo-

166

yo la cabeza en la almohada. Escucho sus chancletas arrastrarse. Apaga la luz, sale del cuarto, cierra la puerta y deja un hueco en el aire. Me pongo las manos a los costados de los ojos para restringir más mi visión, para no distraerme. Como los bueyes. Cuando el campo es demasiado amplio, me cuesta distinguir lo esencial de lo accesorio. Por eso soy así, pienso, porque crecí mirando el horizonte. Divagando, fantaseando, evadiendo. Necesito imponerme un marco. Necesito estrenar una conciencia. Al menos por esta noche, concentrarme en lo que puedo ver ante mis ojos. La selva de bananos, las algas venenosas, los zapatos de mi madre volcados en la tierra como dos pájaros muertos.

La duermevela es engañosa. Acostada en mi cama, con los ojos cerrados, parece que pasaron meses desde la última vez que Axel vino a mi casa. Antes de sus ballenas, antes de entrar en esa conversación pantanosa en la terraza, antes del disenso, habíamos estado en mi sillón. Fue atravesar el umbral de la puerta, dar dos pasos y caer sobre esa superficie blanda y un poco irregular –presumo que su exdueña, la anciana muerta, le dio buen uso antes que yo.

Recuerdo el cuerpo de Axel encima del mío, presionando lo justo para impedir la movilidad sin asfixiarme. Axel es hábil con las manos. Las tiene entrenadas, es obvio. ¿Cuántos pantalones habrá tenido que desabrochar y bajar para aprender a encastrarse perfectamente entre las piernas de una chica sin desvestirla del todo? Mientras estuve allí debajo, aspiran-

167

do el escasísimo aire que había entre su pecho y mi cara, tomada por un hedonismo ciego, pensé que tanta intensidad sería capaz de dislocarme. Una descarga eléctrica, eso sucedió. Salieron de mi boca, con cada exhalación, puñados de humo.

Todavía con los ojos cerrados, subí con Axel a un auto y nos zambullimos en una carretera recta y continua. Él manejaba y yo iba mirando el paisaje por la ventanilla –tierra plana, verde, vacía–; cada tanto me volvía hacia él, concentrado en la ruta, con un brazo apoyado en el marco, y la manga de su camisa agitándose frenética.

Cuando el placer se deshace aparece, como un charco, la melancolía.

Después vino el silencio. Nos quedamos ahí, en ese espacio reducido, su brazo pálido aplastado contra mi brazo marrón, en un contraste rotundo –y publicitario–. La única luz venía de afuera, y cada tono se extremaba en presencia del otro como si necesitara reafirmarse. La intimidad entre dos personas está hecha de estos silencios, pensé. Hay otras cosas hechas de silencio: la confianza, los perfumes, la literatura. Me gusta el silencio, pero no tiene mucha gracia si se practica de a uno. Entre dos, en cambio, significa plenitud. También significa ilusión de perdurabilidad. Pero no hay que fiarse, a veces el silencio es una forma de esconder lo frágil: mirarse para comprobar una felicidad manchada por el miedo de que, si alguien llega a mencionarla en voz alta, se rompa.

16

Hace tanto frío que no quiero moverme. Es el frío de una casa que lleva mucho tiempo vacía. Caigo en la cuenta de que, si dormí en mi cama, mi madre debió haber dormido en el sillón. Me da angustia y vergüenza. Me levanto rápido. Abro la persiana de la habitación. El sol de la mañana me lastima, incluso este sol deprimido. Antes de salir de la habitación voy al baño, me siento a orinar, necesito bañarme para sacarme la modorra. Ayer fue un día angustiante, pienso mientras me desvisto. A la luz de hoy, una completa ridiculez. ¿De qué pueden acusarme en la reunión? ¿De tirar animales muertos en la terraza de un vecino? Es falso, pero supongamos que me declaro culpable para cortar por lo sano. Ok, pido disculpas, fue un accidente, no entraré en detalles. Caso cerrado. ¿Qué más puede contener la palabra «varios»?

Los mensajes del chat del edificio son eufemísticos y grandilocuentes. Los vecinos se piensan a sí mismos como un grupo de personas a quienes se les ha encomendado una misión trascendental. Cuidar de la propiedad, velar por esos ladrillos que, por supuesto, importan más que quienes los habitan. Tiene toda la lógica, tiene incluso una idea de justicia: los ladrillos perduran. Muchos de los que asistimos a esas reuniones ni siquiera somos propietarios. No importa, son de asistencia obligatoria. Debemos estar al tanto de las decisiones colectivas, cuyo límite con las privadas es siempre difuso. Si tal vecino puede hacer una fiesta un jueves; si puede o no tirar un tabique para ampliar un ambiente, y en qué horario. Pienso en el departamento de Erika y Tomás. Tiraron tabiques y más tabiques hasta crear no espacio, sino vacío. Necesitaron crear ese vacío para después llenarlo con su gusto sobrio de revista y sentirse dueños. Al final, todo se trata de eso: derribar, barrer el polvo, poblar de nuevo, adueñarse.

Salgo de la ducha, me pongo la toalla. Voy a la habitación. El pelo chorrea agua en el piso, así que me lo envuelvo en otra toalla que saco del clóset. Me miro desnuda en el espejo que hay en la cara interna de la puerta. No sé qué pensar de mi cuerpo, salvo que todavía es joven, o sea, ¿lindo? ¿Lo joven es lindo? ¿Según quién? Debería tener una opinión más elaborada de mi propio cuerpo: como mi hermana, como Axel, como la niñera de León. No escucho nada afuera. Tengo hambre. Busco el celular en la mesita de luz: faltan veinte minutos para las once. Me pongo un jean, camiseta blanca, buzo negro, botas cortas. Me froto el pelo con la toalla, después me paso el secador. Vuelvo a mirarme en el espejo. Me

170

veo bien, dormir me recompuso. Me pinto los labios de un rosa imperceptible, cuyo efecto rebota en mis mejillas. Sirve no estar dejada, pero no sirve exhibirse. El pintalabios tiene el color de la salud: me veo rozagante, no maquillada.

Mi madre no está en el sillón ni en la cocina. Tampoco en la terraza. Resoplo. Maldito juego lunático.

–¿Mamá?

Sin respuesta.

Abro la nevera, ya no queda casi nada. Hace ocho días parecía un búnker de guerra, hoy soy digna de Cáritas. Quizá mi madre bajó al almacén a buscar provisiones. Sería raro pero posible. La imagino con la bolsa de compras, caminando indecisa de acá para allá, intentando ubicar el comercio de la esquina que, cada vez que salimos, le señalo: si necesitas algo, vienes acá; si necesitas plata, hay en el cajón de la cocina, junto a las llaves, junto a la libreta de notas.

Me sirvo un vaso de leche y me lo tomo.

La postal de mi hermana sigue en su sobre, en la mesada. Veo que debajo hay otro sobre más y una caja de cocadas que no había visto. Abro primero la postal: encuentro la foto que me esperaba. Ella y su familia con ropa blanca y el mar abierto –tan azul que parece un filtro–. El otro sobre no dice nada por ningún lado. Lo abro y encuentro una foto con un *post-it* amarillo: «Sorpresita», dice en la letra de mi hermana. Retiro el *post-it:* somos ella y yo sentadas en el tronco de un árbol en la casa de mi madre. No recuerdo ese momento. ¿Qué edad tendría? ¿Seis, siete? ¿Quién habría tomado esa foto? Quizá mi hermana tampoco lo sabe porque ninguna de las dos mira el lente. Ella parece estar hablándome. A lo mejor me está contando una de sus historias de familia en la que todos, alguna vez, morimos envenenados o ahogados o destripados como los cerdos al costado de la ruta. Detrás de la foto no hay fecha, pero hay una nota escrita en una letra que no identifico: «Fíjate, son como botellas. Elige una o dos cosas (no cinco, ni diez, ni mil) para ponerles adentro, en la cabeza. Deben ser cosas que puedan viajar largo sin que se pudran. Después tíralas al mar, déjalas ir.» Leo la nota varias veces. Reviso el sobre por si hay alguna otra cosa, pero no hay nada más. Me pongo nerviosa, quiero llamar a mi hermana para que me explique esta nueva foto vieja. ¿Quién escribió esa nota? ¿Qué quiere decir? Así visto, pareciera que hubo plan para nosotras. Al menos ese día alguien creyó que debía haber un plan y lanzó una serie de instrucciones. ¿Qué pasó, entonces? ¿El plan falló? ¿El plan funcionó? ¿El plan era este? Quiero esperar a mi madre y mostrarle la foto. Pero ya son casi las once. Abro la caja de las cocadas y me como una, apurada, y luego otra. Corro a lavarme los dientes. Me encimo una bufanda y la chaqueta, y salgo al pasillo, que está helado. Respiro hondo y pido el ascensor.

Mientras bajo imagino el hall ordenado por Máximo: las sillas plásticas formando un semicírculo; a un costado la mesita auxiliar donde ponen el termo de agua y el mate, que circula de mano en mano simulando una ceremonia tribal. No me acostumbro a eso de compartir el mate entre extraños. «¿No te gusta?» Me miran sorprendidos como si estuviesen ante un enigma indescifrable. La sorpresa significa que le atribuyen universalidad a una costumbre propia, y que desdeñan aquello que les resulta ajeno, lejano, desconocido. Nunca nadie me preguntó qué tomaba yo; quizá no para ofrecerme, pero, al menos, para darme un lugar en ese conjunto homogéneo que no fuera el de la única que no toma mate, sino el de la chica que prefiere el té. Yo niego tímidamente con la cabeza: «No, no me gusta.» Y encima me disculpo: «Lo siento.» Miento. Sí me gusta el mate. Me encanta. Me paso el día entero tomando mate. Pero prefiero mentir para no segregarme todavía más con la confesión violenta de que su orgía de babas me da asco.

Me siento en uno de los lugares que quedan libres. Quiero mirar la hora, busco el celular en el bolsillo. Lo dejé arriba. Se abre el ascensor y veo aparecer a Susan con León de la mano. Pide disculpas: no tenía con quién dejar al niño. Se sienta, le da su celular a León para que se entretenga. León lo agarra sonriente y se va a sentar a un rincón, espalda contra la pared y piernas extendidas.

Todos estamos sentados, menos Máximo: de pie, apoyado en la puerta de su cabina de vigilancia, pequeña e insalubre. Nunca lo vi adentro de la cabina;

durante las horas hábiles barre, el resto del tiempo se recluye en su departamento en la planta baja.

Veo al hombre que siempre ceba el mate, pero hoy no hay mate.

Carla se dispone a empezar la sesión: se levanta de su silla y se aclara la garganta. Carla es larga, filosa y seria como una espada militar.

—Todos saben por qué estamos acá —dice.

¿Todos? Miro alrededor para ver si alguien me acompaña en mi desconcierto. Nadie.

—Yo no sé —digo.

—Bueno —dice Carla—, el asunto de la reunión decía «Varios 7B». Es decir, vamos a referirnos a tu departamento.

—Ah, ok. Como decía «varios» imaginé que había más de uno.

Nadie se ríe. A veces me siento obligada a tontear, a ser infantil para compensar la oscuridad. Se viene algo oscuro, se siente en el aire. En las miradas cada vez más severas. Erika y Tomás están en uno de los extremos del semicírculo tomados de la mano. Carla se dirige a ellos:

—Erika, ¿querés comenzar vos?

Erika asiente. Dice que hace varios días empezó a detectar cosas extrañas provenientes de mi departamento.

—Cosas extrañas —repito. O pregunto. No se entiende.

—Querida —dice Carla, ya sentada—, no podés interrumpir.

No quiero interrumpir, quiero romperlo todo.

174

–Disculpa –contesto–, pero así dicho puede significar cualquier cosa: desde una secta satánica hasta tráfico de órganos.

–No es gracioso –dice Erika. Su boca es una mueca de asco, como si hubiese estado años imitando el gesto de querer vomitar.

–No digo que sea gracioso, solo inespecífico. No se pueden lanzar oraciones gaseosas y esperar una respuesta concreta, Erika.

Debe ser la primera vez que la llamo por su nombre.

–... elegir la expresión «cosas extrañas» en detrimento de tantas otras no puede salirte gratis. ¿Por qué? Si a los demás nos sale carísimo.

Algunos vecinos me miran con extrañeza, se muestran impacientes o distraídos. Cuando me enojo pierdo el hilo, hablo por hablar y los otros quedan confundidos ante lo que digo. Pero no es una confusión estratégica, no sirve de nada. Es pura torpeza nerviosa.

–Dejala seguir, por favor –interviene Carla, la dueña de las voces.

De todas formas, la culpa de que no me entiendan no es solo mía. Nadie se toma el tiempo que requiere la comprensión de una idea formulada a medias aunque con pistas suficientes para que, quien tenga ganas de entender, entienda. Y esa no es una reacción tan distinta a la indiferencia.

–Todos queremos que esto termine pronto –dice Carla.

O al desprecio.

–¿Cierto? –insiste mirándome.

Sacudo la mano como diciendo hagan lo que quieran, me tiene sin cuidado. Miro la puerta de salida, considerando la idea de escaparme. Mi madre está en la calle, puede volver en cualquier momento. Imagino que irrumpe en la sala como una centella que agrieta el cielo y alumbra la noche. Sería una buena ocasión para presentarla a los vecinos. Una madre, en un esquema estrecho de valores, genera respeto, compasión, empatía. A las personas les hace bien constatar que no están solos en esa empresa –la de tener una madre.

Después de tomar aire, como si estuviese por zambullirse en un pantano, Erika retoma: habla de la rata muerta, de la paloma muerta, y agrega que los vecinos de abajo (no consigo ubicarlos en el semicírculo porque no sé quiénes son) se quejaron de que yo tiraba la basura de la palita en su balcón, cosa que también había hecho en su terraza. Menciona el incidente del jueves: yo, una mujer adulta y presuntamente cuerda, salté la medianera, me metí en su casa, la espié por la ventana. Niega con la cabeza:

–No estamos acostumbrados a vivir así.

Hay un murmullo generalizado, un respaldo unánime a su testimonio.

¿Dónde está mi madre?

–¿Tenés algo para decir, querida? –dice Carla. Su tono intenta ser indulgente, pero la maldad no la deja.

–Es todo mentira –digo–. Un disparate. La gata lleva y trae animales muertos en la boca. Es la gata, no yo, es tan ridículo todo. El jueves salté a su terraza para sacar a la paloma muerta que la gata había dejado ahí, no a espiarla...

Nadie dice nada.

—Ayer la paloma muerta estaba otra vez en mi terraza. —Miro a Erika, que teclea algo en su celular—. ¿Quién la puso ahí, Erika?

Ni se inmuta. Es como si hablara un loco. Ahora miro a Susan.

—Susan, ¿les cuentas, por favor? —digo.

Susan está turbada:

—¿Cuento qué?

—Que tú viste a la gata en mi casa la otra noche.

—Sí, sí, yo la vi.

—Y León la vio con la paloma muerta en la boca —me vuelvo hacia León, que está entregado a un jueguito en el celular. Mueve los pulgares ansiosos, como aplastando bichos—, ¿no, León?

León no levanta la vista, así que insisto.

—Ey, León.

El niño me mira sin entender por qué lo saco de su trance.

—Dejemos al niño fuera de esto —dice Carla, la dadora de justicia.

—Pero es que él la vio —insisto.

León ya volvió a la pantallita. Su madre mira el piso. Erika apoya la cabeza sobre el hombro de Tomás, rojo y mortificado.

—Bueno —dice Carla—, supongamos que fue la gata.

—¿Supongamos? —quiero gritar.

–Todavía tenemos otro problemita.

–¿Ah, sí? –Me levanto de la silla porque siento un calor insoportable. Me arde la boca del estómago.

Carla suspira, mira a Máximo que ha estado mudo, sin poder ocultar su satisfacción. Máximo me odia más que el resto, porque no puede aceptar que alguien como yo esté «por encima» de alguien como él. Puede plegarse como un gollum ante cualquier otro de los presentes, pero le hierve la sangre por tener que sacarle la basura a una advenediza con cara de india y aires de superioridad.

Máximo se calza unos guantes plásticos que saca del bolsillo de su pantalón. Entra en su cabina y vuelve a salir con ese porte suyo de criatura prehistórica emergiendo de la cueva. Trae una bolsa negra en la mano, la pone a la vista de todos y extrae de un saque el cuerpo tieso de Ágata. La agarra por las patas y la eleva como un hecho irrefutable. León llora a los gritos, Susan corre a su lado. Yo me dejo caer en la silla, escucho murmullos lejanos, poco distinguibles. Un ruido de voces tibias que me queman y me crispan. Los ojos de Ágata no se mueven, son dos piedras secas.

17

Es sábado y casi no hay nadie en el parque. Es un milagro. Llevo acá cerca de dos horas, supongo: no tengo el teléfono para fijarme. Hace un rato descubrí que el mural de la araña no es de una araña, le faltan dos patas. Quizá es una araña lisiada. El insecto del mural, en cualquier caso, tiene seis patas y su cuerpo está formado por muchísimos puntos y ningún contorno.

Me senté a escuchar a las cotorras. Recordé a León hace dos días corriendo alrededor de un árbol: «Soy un ninja guerrero invisible.» Me quedé dormida. Luego me desperté buscando aire. Lo mismo me había pasado en la reunión del edificio, me sentí estrangulada por la presión de todos esos ojos puestos en Ágata y luego en mí, y luego en Ágata y luego en mí, como si esperaran una transmutación. Salté de la silla apenas pude y me escapé a la calle sin esperar un veredicto. Caminé hasta recuperar el aire y terminé acá. Lloré. Una mujer me regaló un paquete de pañuelos descartables. «¿Estás bien?», me dijo. Yo asentí. Al rato me paré y di unas vueltas por adentro del parque, esos caminos curvos de lajas grises que brillan al sol, cuando hay sol. Pero hoy no hay sol, las lajas parecen lápidas.

—¿Un puchito? —escucho a mis espaldas. Es el hombre de siempre. Lo maldigo en silencio. Me volteo, le contesto que no tengo. Él me sonríe: una hilera de dientes ocres adheridos a la encía inflamada y oscura. Sus ojos son pequeños, de un color azul desteñido. Da un paso adelante, huele a rancio. Levanta los brazos a los lados, como un halcón que despliega sus alas; amaga con tirarse encima de mí con un movimiento rapaz que me asusta. Me echo instintivamente hacia atrás, intento darme vuelta para salir corriendo, pero se me enredan los pies y me caigo. La cara contra el piso, la nariz destrozada, la sangre chorreando como un grifo que se abre. El tipo sigue andando, riéndose, caminando sin rumbo.

Me levanto y salgo rápido del parque. Enrumbo hacia el edificio y veo venir a Susan:

—¡Te encontré! —dice, cruzando la calle con un trotecito. Cuando está más cerca, frunce la cara en un gesto de dolor—: Auch. ¿Qué te pasó?

—Me caí.

Susan me agarra la cara, examina mi nariz y dice que no es nada, unos vasitos rotos, por eso la sangre tan fluida.

—Cada tanto me sangra igual —le digo.

—Va a ponerse morado, o verde, o ambas.

—Ya sé.

Me toma del brazo y camina conmigo. Dice que en su casa puede curarme.

En su casa saca un botiquín, moja un algodón con yodo y me limpia. Después vienen las curitas, el trabajo delicado de sus manos de enfermera. Termina y me mira:

—Impecable.

Le pregunto por qué me estaba buscando antes.

—Bueno, saliste rajando y quise seguirte, pero no te alcancé. Subimos porque León estaba muy impresionado con lo de la gata, tuvo un ataque de llanto. —Sacude la cabeza, ahuyenta su propio llanto—. Hay que ser una basura de persona para exhibir así a un animalito, como un pedazo de carne inservible.

Cuando pudo calmarse, León le dijo que me buscara en ese parque. Le tomó un rato recorrer todo el perímetro antes de encontrarme.

—Ya.

Tengo hambre. Le pregunto a Susan si no tendrá algo de comer. El vaso de leche y las cocadas son todo lo que hay en mi estómago, y este ardor que no se va. Me trae un tostado, un jugo de manzana y un paracetamol:

—Yo quería decirte que no me importa todo eso que dijeron allá abajo de vos, yo sé que sos una buena persona.

No contesto. Ni siquiera yo sé si soy una buena persona.

—Si fuera vos, les pondría una denuncia... —sigue Susan.

Es sorprendente cómo los demás te animan a ha-

181

cer cosas que ellos no harían ni en sueños. Susan no denunciaría a nadie porque es una cagona. Me habría venido bien su apoyo en el momento en el que me estaban acribillando, pero a ella le pareció más interesante contemplar el mosaico granítico del palier. Ser bueno y solidario en circunstancias ordinarias no tiene ningún valor, Susan, es como prender una linterna en pleno día.

Me como el tostado muy rápido y le pido más jugo. El ardor va cediendo.

Susan vuelve con el vaso lleno y me lo da:

—¿Vos tenés novio? —pregunta.

—¿Qué?

—Disculpame. Será deformación profesional, pero estás medio palidota y ese apetito es sospechoso. —Se ríe con una picardía que no se corresponde a mi estado de ánimo.

—¿Ah?

—¿No estarás embarazada?

Siento un aire incrustado en el pecho. Me pongo de pie. Dejo el jugo en la mesa. Le digo que estoy cansada, que quiero irme a mi casa.

—Disculpame, no quise ser entrometida.

—No, para nada.

Salgo al pasillo y pido el ascensor.

En los oídos se me instala un zumbido constante. Es el ruido que queda después de un petardo. O tras la caída de algo enorme desde el techo: no lo ves venir hasta que el piso tiembla y se agrieta.

Mi madre sigue ausente.

Busco la laptop y me siento en el sillón. Abro el archivo de la beca. Debería terminarlo antes del lunes. Leo una parte de lo que llevo escrito:

La madre y sus dos hijas viven en una casa, pero no se ven. Se comunican a través de un cuaderno de notas que está en la mesa de la cocina. Las notas tratan casi siempre de cuestiones prácticas: comida, compras, tareas domésticas, la inclemencia del clima. El clima del lugar es inclemente todos los días: hay un sol que quema como el fuego y la lluvia cae en forma de tormentas demoledoras que derriban árboles y enfurecen el mar. La niña más grande es la encargada de escribir las notas para su madre. Si se acaba la leche, la niña más grande abre el cuaderno, pone la fecha y anota: comprar leche. O: necesitamos chancletas nuevas. O: la zorra no nos deja dormir. La madre va tachando las cosas que resuelve y cada tanto ella también les escribe notas: bajen a la playa, pero pónganse zapatos, está llena de corales rosados filosos bellísimos. O: les junté mangos, están maduros y dulces. O: ¿de verdad piensan que las patas de pollo son una porquería? La niña pequeña interviene poco, prefiere buscar a su madre por la casa, aunque nunca la encuentra. Sigue sus pasos, que son silenciosos, pero dejan una huella negra derretida por donde pasa. El piso de la casa está lleno de esas marcas, que dibujan laberintos circulares. A veces también escucha su voz dándole instrucciones al casero y corre hasta donde cree que va a estar, pero no llega a tiempo. Aunque todavía no escribe bien, ella también le deja notas en el cuaderno. Anota la fecha: Hoy. Y luego escribe: ¿Dónde estás? Al día siguiente encuentra la respuesta: ¡Ja! ¡Qué pregunta loca! Acá estoy, nena, ¿no me ves?

Pienso: Tengo algo para decir, pero no sé cómo decirlo.
Pienso: ¿Es lo mismo que le pasa a mi madre?
Pienso: En esta novela hay demasiados animales.

Cierro la laptop, estoy cansada. Quiero dormir y levantarme en otra parte. Quiero dormir y levantarme en otro cuerpo. Voy al baño, busco el frasco de pasiflora y me tomo lo que queda.

¿Y si renuncio a todo? ¿Qué es todo? Axel, el trabajo, la beca, mi hermana, Marah. Por Dios, Marah. Me angustia la idea de verla hoy. Imagino que le escribo para cancelarle: «No me siento bien, reagendemos.» Ella me contesta enseguida: «Todo tiene un límite.» Y yo: «Si todo es Todo, no puede tener un límite, es un contrasentido.» Ella me manda un gif de *fuck you.*
No puedo suspenderle. No puedo incinerar todos los barcos.
Se me cierran los ojos, bajo la persiana.
Llamo a la farmacia y pido un test de embarazo.

A eso de las seis me despierto y llamo a Eloy:
—Estaba por reportarte a Missing Children —dice.

–Tuve unos líos terribles en el edificio.

–¿Qué clase de líos?

–Nada importante, vecinos de mierda.

–Como todos.

–Qué sé yo.

–¿Te van a echar?

–¿Tú me vas a echar?

Se ríe. Escucho el sonido de hielos en un vaso, luego un suspiro largo.

–Hoy no.

Me cuenta que no aprobaron la campaña de la vaca. Es decir, la suspendieron. Aprobar, ya estaba aprobada; de hecho, habían pagado el adelanto para producir las primeras piezas. Y ahora todo a la basura.

–No, por favor, no fue culpa de tu texto. –Lo dice en un tono que me da a entender que el solo hecho de pensarme culpable es darme una importancia desmedida.

Ni siquiera llegaron a leer mi texto.

A él le gustó, un poco metafísico, quizá, pero bueno, realmente ya no importa. ¿Metafísico? ¿De qué hablas, *Horacio?* Que no hay campaña, repite.

–Pero ¿por qué? –pregunto.

Dice que no tienen aprobada una certificación que se requiere para lanzar la marca. Según el cliente, los mataderos hicieren lobby en su contra y «no sé qué garcha». Pero Eloy no le cree al cliente. Para él se fue con otra agencia, ya se va a enterar.

–Ya.

–Era mucha guita –lo escucho tragar.

–Lo siento –digo.
–No pasa nada.

¿Dónde estará el hijo de Eloy?

a) Con la madre y su novio, un tipo bienintencionado que no tiene idea de cómo hablarle a un niño.

b) En el cine, con la familia de su mejor amigo: ahora le parece amorosísima, pero en unos años la odiará porque representa todo lo que él no tiene (no se dirá eso, claro, se dirá: «Su hipocresía me da asco»).

c) Encerrado en una habitación, jugando a la play. Enojado con el mundo pero a salvo.

–¿Nos vemos el lunes? –le pregunto.

–¿Sabes que hay lugares en donde masturban a los cerdos antes de matarlos?

–¿Ah?

–Es para que liberen el estrés. Para que estén relajados cuando mueren.

–¿Le sugeriste al cliente este método para sus vacas?

–No, pero podría. Digo, si lo que le preocupa es la muerte violenta y dolorosa... Pero qué se yo cómo se masturba a una vaca.

–En cambio con los cerdos eres un experto.

Esta vez la risa es estrepitosa. Está borracho. Me pregunto si debo cortarle o si debo escucharlo. No por mi trabajo, sino por piedad.

–Antes nadie pensaba en cómo morían los animales, ¿viste? Ahora están obsesionados con que no sufran, pero es inconsistente con el hecho de que, una vez muertos, igual se los tragan, ¿no te parece?

186

Eloy necesita hablar. El tema es secundario, también la interlocución. Solo quiere ser escuchado y recibir respuestas que apañen sus afirmaciones.

—Ha nacido un vegano —le digo.

Hablar, para algunos, es un modo de paliar la desdicha.

—No soy muy fan de los animales —dice. Hay gente que teje, Eloy habla—, pero tampoco me gustan tanto las personas.

No contesto. La siesta me dejó boleada. Fue larga e inusual. Tuve sueños raros.

—¿Estás ahí? —pregunta Eloy.

—Sí, es solo que estoy cansada.

Vuelvo a escuchar los hielos en el vaso.

Soñé con mi padre, no recuerdo qué. De mi padre no conozco más que esa foto que guarda mi hermana en su clóset. Un hombre bien peinado, lentes de marco grueso y camisa a cuadros. Sus ojos eran grandes y negros; su expresión, feliz. Un hombre feliz. Podría ser el frame de un portarretrato genérico de farmacia. «Es porque no lo conociste», me contestó mi hermana cuando le dije que tenía cara de nada. Ella sí lo conoció: sus primeros cinco años, pero, para mí, eso tampoco alcanza. ¿No alcanza para qué? Para sentirse parte. ¿Y qué si alcanza?

—Ok —dice Eloy—, gracias por la oreja.

—No, por favor.

—Descansa, pibita.

Cortamos.

Nunca me sentiré parte. No importa hasta dónde fuerce el hilo del parentesco y de la memoria para encontrar el sentido, el origen, la semilla de ser parte. A menos que el sentido de ser parte no esté enterrado, como un fósil, en el pasado. Pienso que si el presente está colmado de pasado, si ya lo contiene y no puede deshacerlo –porque deshacerlo sería deshacerse–, también es inútil buscar aquí, ahora. El pasado y el presente son escondites que ya conozco, aunque no los termine de entender, aunque me empeñe tanto en entenderlos, como si entender fuera la gran cosa. Entender es ambicioso, bastaría, quizá, con distinguirlos. Qué fue antes, qué es ahora, dónde empieza y dónde termina todo. No tengo la paciencia para ordenar una secuencia. La sucesión de escenas se me mezcla en la cabeza y yo sigo sin encontrar lo que busco.

Descarto el pasado y descarto el presente. Debería buscar en otro lado.

¿Dónde no busqué?

Mientras espero a Axel, me siento en el sillón. También espero a mi madre. O eso creo. También espero a Marah, aunque quizá no venga. Puede que Axel tampoco. Le escribí diciéndole que quería hablarle y me dijo: «En un rato paso.» Impreciso y disuasorio. Le mandé el emoji de una ballena, luego el de un revólver. Él me mandó la cara que llora de risa y un corazón flechado. Eso me alivió. Y el alivio me llevó a pensar que depositar mi confianza en íconos adolescentes no es un rasgo muy astuto.

Parece que va a llover.

188

Quizá no llegue nadie y espero para siempre.

Me ataca una sospecha más extrema: pienso que nunca me moví de este lugar. Acá estoy plantada hace siglos. Yo soy el brote y la extinción. No hay nada en el medio.

Voy a la cocina. En la alacena sobrevive un paquete abierto de nachos. En la nevera hay agua, galletas húmedas en un plato; un frasco de aceitunas en salmuera, sin aceitunas. Mis reservas marchitas. Abro el cajón en el que guardo la libreta de notas. No tiene muchas notas; algunas indicaciones domésticas que me doy a mí misma y un mensaje viejo que me dejó Marah alguna vez que se quedó a dormir y se fue antes de que yo me despertara –«¡Comprá comida!»–. Busco una hoja limpia y anoto: «¿Dónde estás?»

En la sala no hay luz, es todo sombras.

Salgo a la terraza. Me presiono los ojos con las manos hasta que veo manchas blancas que nacen como gotas sobre el fondo negro y se van ensanchando hasta comérselo. Tengo la ilusión de que al sacarme las manos y abrir los ojos descubra que el mundo ha vuelto a su forma rudimentaria de ocho días atrás. Cuando las lombrices en mi cabeza seguían activas, prolíficas, controladas. Ahora mismo están quietas. Dormidas. Quizá rotas. No importa, hay lombrices que se rompen y sus segmentos sobreviven.

Tengo un plan: me haré la prueba cuando llegue alguien. El primero que llegue será testigo de cómo este objeto plástico, que parece un termómetro no muy sofisticado, se transforma en una evidencia de futuro. O no.

189

Antes me bañé, me sequé el pelo, me miré al espejo y comprobé que el golpe seguía allí: entre la nariz y la mejilla izquierda, más hinchado y oscuro. Me puse un pantalón con elástico y sin cierre que me permitiera aligerar el trámite. Me puse el buzo de «Rabid Fox».

Las hojas secas del plátano siguen cayendo. Ágata podía escuchar el sonido que hacían cuando tocaban la vereda. Era un crac muy suave que la hacía levantar las orejas y abrir mucho los ojos. Sus sentidos se agudizaban ante lo inevitable.

El departamento de la pareja y el bebé sigue iluminado y vacío, como quien no pierde la fe.

Busco la conexión intangible entre mi madre y mi hijo, si fuese cierto que me late algo adentro: un corazón diminuto flotando como un *dumpling*.

Vuelvo al sillón. Me acuesto, empuño la caja de la prueba y cierro los ojos. Para distraerme pienso en películas. Todas las que puedo recordar se tratan de lo mismo: de la pérdida. Y de la espera. Pienso en ET, abandonado por su nave –o sea por su madre– en un planeta hostil, en una casa sin padre y sin criterio para comer sano o vestirse bien. Pienso en Giovanni Sermonti, en Molly Jensen, en Antoine Doinel, en Maggie Fitzgerald, en Arthur Fleck, en Ally Campana, en Maléfica. Todos perdieron algo, todos esperan que algo los repare o que sus segmentos sobrevivan.

Imagino que entra mi madre y me dice: Estás por convertirte en la casa de alguien. Yo le digo: ¿Qué le hiciste a Ágata? No hay respuesta.

Imagino que entra Marah y me dice que es al revés. ¿Qué es al revés? Lo que te dijo tu madre. Dice: Alguien está por convertirse en tu casa. Yo le pregunto: ¿Cuántos pesos son quinientas libras?

Imagino que entra mi hermana: Felicidades –dice–, solo aquello que dio fruto se pudre.

Suena el portero eléctrico. Me levanto a contestar.

Hago cuentas rápidas: nacería en verano, justo al comienzo del calor. Me gusta el verano. La vida explota en tonos verdes.